LONG STORIES CUT SHORT

CAMINO DEL SOL

A Latina and Latino Literary Series

PRAISE FOR LONG STORIES CUT SHORT

"You want traditional border tales? Not even the storytelling here. You want nostalgia and sweetness, colorful escape? Nope, won't find that. What then? Aldama's is graphic reality, in bold typeface, lines as abrupt as single words—go, allá, fast, ya."

—**DAGOBERTO GILB**, author of *Before the End, After the Beginning*

"Aldama pulls no punches with his panoply of characters surviving in the borderlands of the Americas. *Long Stories Cut Short* is a revelation—it reveals. A brilliant, manic, kaleidoscope of a book."

—**MONICA BROWN**, author of *Gang Nation*

"Aldama flashes through holy decay of urban ghosts still whisperin' six feet under & those danglin' 5′ 4″ above ground holding on to Xbox, domestic & city cancers of one type or another & puffy-gut boyfriend existences. This is a rare, veneer-stripped, cracklin' kaleidoscope of lives: half midnight, half dawnlight (if you can locate it), leaking true life the way you don't wanna see it (with steely-soul ink by Mapache Studios)—a half-nasty cup of Bukowski, an elegant shot of Kurosawa & an ant-horde dish of Buñuel. Buzzin' from start to finish, an unexpected bilingual knock-out punch!"

—**JUAN FELIPE HERRERA**, Poet Laureate of the United States

"In Frederick Aldama's *Long Stories Cut Short*, human lives tumble through a riot of possibility—jobs that materialize and then vanish, language that slides and elides, love that sometimes unexpectedly endures. To read this graceful, powerful book is to enter a heady universe where lives entangle, creating unexpected unions, and where language itself becomes invigorated, full of surprising resonance—sometimes witty, sometimes grief-soaked, always driven by Aldama's sparkling intelligence."

—**ERIN MCGRAW**, author of *The Good Life*

"*Long Stories Cut Short* makes the local massive and the massive local. The stories resonate as a chorus of soloists, with so much life to each voice. And from the visual poetry of 'Cell 113 / Celda 113' to the magic realism of 'Six Feet Under / Dos metros bajo tierra,' Aldama ranges widely through a re-envisioning of forms within borderland consciousness. Remarkable to think this impressive fiction is a debut."

—**DAVID A. COLÓN**, author of *The Lost Men*

"This collection of tightwire tales where life is a daily balancing act asks, In what language do we articulate desire and need, love and hate? You choose. With polish and skill, the tale is told first in English, then in Spanish. Each version spins and swirls like carnival lights that form a backdrop for a living circus of souls. Aldama stuns, surprises, and delights. This is no small feat. He is a linguistic trapeze high-wire artist and delivers verbal theatrics, the likes of which will stay in your mind and heart for a very long time."

—**DENISE CHÁVEZ**, author of *The King and Queen of Comezón*

"These short fictions are like breaths, some deep and sinuous, some mere gasps. Beautiful, startling, disturbing, moving. They cut to the bone. A brilliant debut."

—**MICHAEL NAVA**, author of *The City of Palaces*

"Each story is a pulse of light reflected in our multifaceted Latino experience and refracted by the music of our two languages to reveal a dazzling prism of happy-triste colors."

—**FRANCISCO X. STORK**, author of *The Memory of Light*

"Every time the wizard called Aldama commends words to the page, something extraordinary happens. This time around, he makes things dance and levitate with his usual elegance. Highly recommended."

—**LUIS ALBERTO URREA**, author of *The Water Museum: Stories*

"A powerful and unflinching look into the lives—sometimes ruined, sometimes glorious—of Latinos unnoticed amid the brush-fire of current political discourse in the United States. These characters are as real as they are fleeting, important for what they reveal to readers in their brief existence. Aldama's genre-mashing gift is a timely and much-needed addition to Latino letters. Powerful but not didactic. Emotional but not melodramatic. In short, real!"

—**AARON MICHAEL MORALES**, author of *Drowning Tucson*

"Aldama's bilingual prose-graphics pieces create semantic and semiotic fusions that slip and slide in and through one another like the forked tongues of our fragmenting identities en la frontera. It's a heady tonic, a disturbing prose tequila shot for next-gen readers. This adrenaline jab will have you itching for more."

—**WILLIAM ANTHONY NERICCIO**, author of *Tex[t]-Mex*

"Line by line, Aldama's Spanish and English tongues vitally intertwine, exquisitely expanding the intrepid reader's apprehension of new collective experiences and meanings. This is art at its mesmerizing best!"

—**MANUEL LUIS MARTINEZ**, author of *Los Duros*

"These bilingual miniatures are sinewy and sly, beautiful and brutal, never sanitized and always insightful. Aldama has created borderland fictions that burrow into our collective cerebral cortex to expand, morph, and taunt our smug understanding of the human condition. Illuminated like a subversive Bible, it's as much a delight as it is a revelation."

—**DANIEL A. OLIVAS**, author of *The Book of Want*

"*Long Stories Cut Short* is no academic play with form and content designed to deliver some clever missive; these are tales told in languages and styles that their subjects could appreciate. Just as Lucia Berlin delivered tales of the addled ethnic proletariat, so too Aldama presents working-class Latino dispatch from the borders of acceptable subjectivity. To ignore his work is to ignore the lives of millions."

—**AYIZE JAMA-EVERETT**, author of *The Liminal People*

"Acclaimed Latina/o pop studies critic Aldama now invites you to explore the lives of Latinas/os in the twenty-first century through a magical and thought-provoking series of stories about dreams cut short and life at the edge of the world."

—**FABIO CHEE**, author of *Pterodactilo*

"In a world with a surplus of words (emotional chatter, media gossip, political rant, and artistic blah blah blah), Aldama masterfully uses just the right amount to build a thorny, multifaceted universe filled with complex, memorable characters. His acute sensibility and assured stroke, full of irony and pathos, provide much-needed air within a world of fiction constricted by meat-grinding writing programs that torpedo us with manufactured fiction at unprecedented rates. Aldama vitally reminds us that at the right time, one line, lovingly calibrated, is capable of wonders."

—**ILAN STAVANS**, author of *On Borrowed Words*

"Long an important curator of border narratives, Aldama now makes his debut as one of its creators. In conversation with works like Tomás Rivera's . . . *Y no se lo tragó la tierra* / . . . *And the Earth Did Not Devour Him*, Aldama draws on the tradition of fragmentary multivocal masterpieces to create flash fictions that invite attention to the particularity of borderized lives."

—**ASHLEY HOPE PÉREZ**, author of *Out of Darkness*

"In *Long Stories Cut Short*, abuelas, Pinochet, Rapunzel, and dirty old men collide to remind us that laughter transforms nothingness into a place of happiness, and . . . joy becomes contagious."

—**C. DALE YOUNG**, author of *The Halo*

LONG STORIES CUT SHORT

FICTIONS FROM THE BORDERLANDS

FREDERICK LUIS ALDAMA

Foreword by Ana María Shua
Illustrations by Mapache Studios
Cover Art by Jaime Hernandez

THE UNIVERSITY OF
ARIZONA PRESS

TUCSON

The University of Arizona Press
www.uapress.arizona.edu

Printed in the United States of America
22 21 20 19 18 17   7 6 5 4 3 2

ISBN-13: 978-0-8165-3397-8 (paper)

Cover design by Leigh McDonald
Cover art by Jaime Hernandez

Publication of this book is made possible in part by the proceeds of a
permanent endowment created with the assistance of a Challenge Grant
from the National Endowment for the Humanities, a federal agency.

Library of Congress Cataloging-in-Publication Data
Names: Aldama, Frederick Luis, 1969– author.
Title: Long stories cut short : fictions from the borderlands / Frederick Luis
    Aldama ; foreword by Ana María Shua ; illustrations by Mapache Studios.
Other titles: Camino del sol.
Description. Tucson : The University of Arizona Press, 2017. | Series:
    Camino del sol : a Latina and Latino literary series | English and Spanish.
Identifiers: LCCN 2016026717 | ISBN 9780816533978 (pbk. : alk. paper)
Subjects: LCSH: American fiction—Hispanic American authors. | LCGFT:
    Flash fiction.
Classification: LCC PS3601.L3444 L66 2017 | DDC 813/.6—dc23 LC
    record available at https://lccn.loc.gov/2016026717

♾ This paper meets the requirements of ANSI/NISO Z39.48-1992
(Permanence of Paper).

DEDICATED TO ALL MY BROWN BROTHERS AND SISTERS.

FOR MY DAUGHTER, CORINA ISABEL VILLENA-ALDAMA.

CONTENTS

All Possible Borders / Todas las fronteras posibles
    by Ana María Shua   xiii

PRELUDE: A LA TITO MONTERROSO

The Hunger Pangs / Gruñidos de hambre   4
The Message / El mensaje   6
The Fear / El miedo   8
Destroy, They Said / Destruir, eso dicen   10
Planning to Teach / Misión de enseñar   12
Love / El amor   14
Love, Again / Amar de nuevo   16
Is Love Possible? / ¿Realmente existe el amor?   18
Ends / El final   20

BEGINNINGS

Tila Tequila / Tila Tequila   24
Knock, Knock . . . / Toc, toc…   28
Unended Story / Historia sin fin   31
Lexicon / Lexicon   40
The Day I Was Born / El día en que nací   43
In Your Dreams / En tus sueños   44
Dirty Old Man / Viejo rabo verde   46
Tummy Aches / Dolores de barriga   47

MIDDLES

Breaking Bad / Que te salga lo cabrón 54

Motorbike Guy / El chico de la motocicleta 58

Family Man / Un hombre de familia 63

Hell to Pay / Te vas a condenar en el infierno por regatero 66

Frank / Frank 76

The Americano Way / A la americana 81

White Picket Fences / Cercas blancas 86

Gómez . . . Alfonso Gómez / Gómez… Alfonso Gómez 90

Upside Down and Inside Out / Al derecho y al revés 94

Nueva Americana / Nueva americana 98

Hello . . . Kitty™/ *Hello…* Kitty™ 103

Ego Sum Qui Sum / Ego sum qui sum 104

All in the Goddamn Pinta Family /
    Todo en la pinche familia pinta 111

Cell 113 / Celda 113 118

The Father . . . in Three Parts / El padre… en tres partes 122

Spinoza on the Matter / Spinoza sobre el asunto 125

No Hair, No Fun / Sin pelo no hay gloria 129

Those 45s / Los discos de 45 RPM 130

A Mouth to Feed / Una boca que alimentar 133

Ricky & Co. / Ricky & Co. 137

She Loved Her Malandrino / Ella amaba su Malandrino 140

Señor Xbox / Señor Xbox 143

Un Día / Un día 146

Lifer / A perpetuidad 149

Five Things S/he Can't Live Without /
    Cinco cosas sin las que él/ella no puede vivir 151

ENDS

Notes to a Father . . . I Once Thought I Had /
    Cartas al padre... que una vez creí tener   156
Shit Smell of the Old / Entre más viejo más hediondo   160
One in Four They Say / Una en un millón suelen decir   163
Six Feet Under / Dos metros bajo tierra   165
Hurry Up . . . and Die / Muérete… de una buena vez   171
Life in the End / Al final de la vida   174
Swimming to Exhale / Nadar hacia el último suspiro   176
A Long Story Cut Short / Una larga historia amputada   179

Author's Note   186

ALL POSSIBLE BORDERS

ANA MARÍA SHUA

With *Long Stories Cut Short: Fictions from the Border-lands*, Frederick Luis Aldama is a border crosser of the best literature, crossing all possible boundaries. He's well acquainted with even the most hidden of paths—all those virtual tunnels leading from one genre to another, from the short story to the very short story and flash fiction, from comic strips and books to those focused on philosophical reflection. He is privy to the secrets of the desert, knowing well its venal guards.

Long Stories Cut Short is a book difficult to pigeon-hole. Its virtual boundaries elude control. It gives shape to a kingdom on the *actual* border, which for Aldama is far from being just a passing site. Rather, it's a vital space that stretches between variety and cultural synthesis. It's a linguistic oasis and, at the same time, an arid political hell. It's a borderland space—the most fertile of abysses. It is at that depth where these fictions explore and exca-vate. It is here where the strength of the dramatic vision of this book is born.

In this realm of thirst and anguish there is no place for the "American dream"; or maybe there is. Perhaps this is actually the heart and the fatal illusion of the bor-der. Soon the "land of milk and honey" shows its opposite side: divorce, drugs, laid-off workers, violence—family dra-mas that suddenly reveal the huge and fearsome rest of the iceberg. Then comes in a sort of time mirage where the past, present, and future float as unreal dimensions in the lives of the characters and in the life cycle of this book itself. Jimmy, the Xbox man; Alfonzo Gómez, the buried miner; or Javier Jiménez Jiménez, the violent dealer, all give life to this.

Aldama presses on those fibers of disaster. Through the images in *Long Stories Cut Short* parade a ghostly gallery of characters, each one under the yoke of his or her icy marginal fate. Aldama's characters could be sinister or pathetic if they were not so desperately human.

The vision of its author brings to life these masks of ruin; these voices form a vast cosmos governed by variety. On this vital and organic form of boundary flourishes a rhythmic, polymorphic language, full of textures and impressions where genres mutate—combining and multiplying—and literature becomes, once again, their nourishment.

If upon entering this book one may conceptualize its author as a border crosser of the best literature, ending it the reader will know that time has come to provide the author with complete citizenship.

TODAS LAS FRONTERAS POSIBLES

ANA MARÍA SHUA

Como un *border crosser* de la mejor literatura, Frederick Luis Aldama atraviesa en este libro todas las fronteras posibles. Conoce los caminos más ocultos, los túneles virtuales que llevan de un género al otro, del cuento al microrrelato, de la historieta a la reflexión filosófica; conoce los secretos del desierto; sabe cuáles son los guardias venales.

Long Stories Cut Short es un libro difícil de encasillar, que no se deja controlar por los límites virtuales y establece su reino en la frontera real, que para Aldama está lejos de ser sólo un lugar de paso. Al contrario, se trata de un espacio vital que se tensa entre la variedad y la síntesis cultural; es un oasis lingüístico y, al mismo tiempo, un árido infierno político. La frontera es el más fértil de los abismos. Y es en esa profundidad donde exploran y excavan estos textos, el espacio de donde nace la fuerza de las dramáticas visiones de este libro.

En este reino de la sed y de la angustia no hay lugar para el sueño americano. O, pensándolo bien, sí. Quizás éste sea, en realidad, el corazón y la fatídica ilusión de la frontera. Muy pronto la tierra de la leche y la miel muestra su revés: divorcios, drogas, despidos, violencia, dramas familiares que súbitamente revelan el enorme y temible resto del iceberg. Entonces entra en juego una suerte de espejismo temporal donde el pasado, el presente y el futuro flotan como dimensiones irreales en la vida de los personajes y en el propio ciclo vital de este libro. Jimmy, el Xbox-man; Alfonzo Gómez, el minero sepultado; o Javier Jiménez Jiménez, el *dealer* violento, pueden demostrarlo.

Es que Aldama sabe pulsar las fibras del desastre. Y a través de las estampas de *Long Stories Cut Short* nos ofrece el desfile de una fantasmagórica galería de personajes, cada uno de ellos bajo el yugo de su gélido destino marginal. Los personajes de Aldama podrían ser siniestros o patéticos si no fueran tan desesperadamente humanos.

A través de la visión de su autor, estas máscaras de la ruina, estas voces forman un vasto cosmos regido por la variedad. En esta vital y orgánica variedad de frontera florece un lenguaje rítmico, polimórfico, lleno de texturas y registros, donde los géneros mutan, combinándose y multiplicándose, y la literatura encuentra, una vez más, su alimento.

Si al comenzar este libro es posible pensar en su autor como un *border crosser* de la mejor literatura, cuando termine su lectura, el lector sabrá que ya es hora de otorgarle la ciudadanía definitiva.

LONG STORIES CUT SHORT

PRELUDE

A LA TITO MONTERROSO

THE HUNGER PANGS

When she woke up, the hunger pangs were still there.

GRUÑIDOS DE HAMBRE

Cuando ella se despertó, todavía le gruñían las tripas de hambre.

THE MESSAGE

What message were they sending by plucking the student's eyes out and skinning her face?

EL MENSAJE

¿Qué mensaje estarían enviando al sacarle los ojos y despellejarle el rostro a la joven estudiante?

THE FEAR

The threat, real or imagined, is still the permanent companion.

EL MIEDO

La amenaza, sea real o imaginada, está ahí al pie del cañón como el amigo más fiel.

DESTROY, THEY SAID

Schools, hospitals, parks, roads, power transmission lines,
water pipes, dwellings, humans of all ages and genders . . .
all obliterated in the name of an ancient god.

DESTRUIR, ESO DICEN

Escuelas, hospitales, parques, carreteras, transmisores de energía, tubería de agua, casas, seres humanos de distintas edades y géneros sexuales... todo aniquilado en nombre de un dios antiguo.

PLANNING TO TEACH

Learning to read and write in order to teach to read and write . . . so they were killed.

MISIÓN DE ENSEÑAR

Aprender a leer y escribir para enseñar a leer y escribir...
y por ello se les asesina.

LOVE

Come, let's do it before we're bombed.

EL AMOR

Ven, vamos a hacerlo antes del bombardeo.

LOVE, AGAIN

Your child will be born in six weeks.

AMAR DE NUEVO

Tu hija llegará al mundo en seis semanas.

IS LOVE POSSIBLE?

It's meningitis, and all intervention now is too late.

¿REALMENTE EXISTE EL AMOR?

Es meningitis y ya es demasiado tarde para cualquier tipo de intervención.

ENDS

I nearly died, then I awoke . . . from the CAT scan.

EL FINAL

Estuve a punto de morir, luego desperté... en las entrañas de la tomografía.

BEGINNINGS

TILA TEQUILA

She's leaning back, belly plumped up and out. She licks her finger while thumbing through an April issue of *House & Garden*. Its pages spill over with flowered gardens, white picket fences, and gingerbread houses. She's matter-of-fact calm.

He's sitting bent forward, legs scissored out. He flips through a beat-up issue of *Stuff* magazine. He pauses over a full-page spread of the four-foot eleven-inch Asian actress and Internet bicurious sensation, Tila Tequila. His mind's somewhere else all together. Likely in the Land of Dreamalicious.

"Mrs. Villalobos, please follow me." Both summarily stand and follow.

In a typical antiseptic hospital room, she robes up and assumes the position. She's never given birth before but knows what to do like she's buttering a piece of toast in the morning. When she's on her back, sweat pants pulled down and green robe hoisted up around her skin-tight belly, the lab tech wheels out an octopus-looking contraption. Its ultrasound-eye seeing appendages dangle while the tech rubs gobs of jelly all over the bare belly.

The screen flickers with pixelated blacks, whites, and grays.

As if testing for a juicy watermelon, the lab tech's fingers skillfully drum the rotund tummy. Tap. Tap. Tap. The ultrasound gadget in the other hand glides over the belly, probing for life.

He knows he's supposed to act like an anxious, excited dad, but he can't get his mind off the Tila spread.

He feigns a smile and look of anticipation. She has her head cocked to one side, straining to see what the image will show—a boy, a girl . . .

"Can you see, can you see?" Yes, he sees . . . It's not a boy. It's not a girl. It's a goddamn alien. At least, that's what he thinks. Its dark sockets, gaping mouth, and hand signing an extraterrestrial: "HOW."

Yes, she sees. When the ultrasound thingamabob turns down to her belly's 22nd parallel, a fuzzy image of two shapely rumps appears—and nothing in between. "No turtle," she says. It's gotta be a vagina in its stead.

While all else that afternoon bodes well, as he closes his car door he thinks: I'm now father to a daughter. A Tila and surely a Tequila too are daughters to fathers.

It's gonna have to be *Home & Garden* centerfolds for this new dad.

TILA TEQUILA

Ella se encuentra recostada, con el protuberante vientre hacia arriba. Se lame el dedo mientras da vuelta a las páginas de la revista *House & Garden* del número de abril. Cada página está repleta de tinta que se derrama dando color a los floreados jardines que aparecen enmarcados por la blancura de las cercas y las casitas de caramelo. Ella se encuentra objetivamente calmada.

Él se encuentra reclinado de espalda con las piernas cruzadas, hojeando un número viejo de la revista *Stuff*. Se detiene en la portada de la nueva sensación bisexual de internet, Tila Tequila. Su mente está en las nubes. Muy probablemente en la tierra de la lujuria.

"Señora Villalobos, sígame por favor." Ambos se ponen de pie al instante y siguen de manera obediente.

En aquella esterilidad que caracteriza los cuartos de hospital, ella se enreda la bata y toma posición. A pesar de ser primeriza, sabe exactamente lo que tiene que hacer, como en las mañanas cuando embarra de mantequilla el pan.

Cuando esta recostada, con los pantalones deportivos hasta la pantorrilla y la bata verde alzada, el técnico del laboratorio saca una máquina que parece un pulpo. Los tentáculos con ojos de ultrasónicos cuelgan mientras el técnico unta plastas de gel sobre el vientre descubierto.

La pantalla se ilumina con píxeles negros, blancos y grises.

Como quien cata una jugosa sandía, los dedos del técnico del laboratorio retumban sobre el vientre como tambor protuberante. Toc, toc, toc. El aparato de ultrasonido de desliza sobre el vientre en busca de vida.

Él sabe que tiene que personificar el papel de papá ansioso, alegre, pero no puede dejar de pensar en la portada de Tila Tequila.

Disimula con una sonrisa y con cara de preludio. Ella tiene el cuello retorcido hacia uno de los costados, intentando ver lo que revelará la imagen—un niño, una niña...

"¿Puedes ver, puedes ver?" Sí, puedo ver... No es un niño. Tampoco es niña. Es un extraterrestre. O por lo menos es lo que él piensa.

Sus enchufes negros, boquiabierto, y una mano que señala a un extraterrestre: "CÓMO."

Sí, ella puede ver. Cuando aquella cosa extraña del ultrasonido se da una vuelta hacia abajo del paralelo 22 de su vientre, una imagen borrosa de dos formas que parecen nalgas—y nada en medio.

"Sin pajarito," dice ella. Debe ser entonces una vagina.

El resto de la tarde parece prometedora, y piensa mientras cierra la puerta del coche: Soy padre de una hija. Seguramente alguien con el nombre de Tila y otra de Tequila serán hijas de algún padre.

De ahora en adelante tendrá que ser *Home & Garden* la única revista para este padre de familia.

KNOCK, KNOCK . . .

Knock, knock . . . inside mama's belly. What are you doing in there?

Swimming, dreaming, genuflecting.

You're yet to be born. Yet tongues and tails already wag of you. Images and feelings can't help but beeline straight to you.

Thoughts churn inside out and upside down about neighborhoods, schools—all those who are to become your playmates.

Your *abuelo* in Mexico City. Now, he's a funny one. Beat upside the head with life's big stick. He knows not of your ETA—nor of you. With a bit of us and a lot of you. Your sparkle will surely awake a love of you.

There's your *abuela* in Monterrey. She knows well of you. Her honeyed-gold words drip . . . drip . . . drip sweet syrupy. Your legion of aunties are anxious to smother you in fluffed-up nebulous cuddles. Your *lola* and *lolo* in San Fran. Primed with stories of times past, eager for times new in the relay race of flesh and blood passed along in you.

Your clan spread here, there, everywhere. Cousins, aunties, uncles—so many

ready for adventure with you.

Soon the knocks will end. You'll be pushing and pulling

yourself out into a world that awaits shaping by your hand and imagination.

He asks, What's going on in there?

Next time I come out of Mama, I'm going to bring a flashlight. That way I can see.

TOC, TOC...

Toc, toc... dentro del vientre de mamá. ¿Qué haces ahí dentro?

Nadas, sueñas, hecha bolita.

Todavía no has nacido. Y sin embargo, ya despiertas habladurías y sonrisas. Las imágenes y los sentimientos son como flechas que van directas a ti.

Mis pensamientos revolotean con vecindarios, escuelas—y todos aquellos duendes que serán tus compañeros de juego.

Tu abuelo en la Ciudad de México. Verás, es muy chistoso. La vida le ha dado en la cabeza con un palo muy grande. No sabe nada sobre tu ETA—o sobre ti. Con un poquito de nosotros y mucho de ti. El brillo en ti seguramente despertará su amor por ti.

Ahí tienes a tu abuela en Monterrey. Sabe muy bien de tu existencia. Sus dulces palabras brotan como la miel, brotan dulcemente. Tu legión de tías está ansiosa por sujetarte en abrazos tiernos como un algodón de dulce. Tu lola y tu lolo en San Francisco, repletos con historias del pasado, están desesperados por saber de nuevos episodios en los que los lazos de sangre pasen a través de ti.

Tu clan se propaga aquí, ahí, más allá. Primos, tías, tíos—tantos
　　preparados con aventuras para compartir contigo.

Pronto los toquecitos cesarán. Serás empujada y te empujarás a ti misma a un mundo que te espera y que es moldeado por tu propia mano y tu imaginación.

Él pregunta, ¿qué pasa ahí dentro?
　　La siguiente vez que salga del vientre de Mamá, traeré una linterna. Así podré ver.

UNENDED STORY

In a recent interview you mentioned that construction-ism makes sense only in the world of narrative fiction, where lies are meticulously constructed, whereas in the actual world truth is laboriously found. Would you care to elaborate a bit more?

To me, it is clear that, as a French author said over a century ago, the world out there exists in order to become a story and a book. The world is a *chantier*, a construction site where I take whatever I find suitable for the organic whole of mental representations and forms—the story and the story world—I want to build. Reality, so-called, is a set of building blocks for my imagination to work upon and to shape. Fiction is imagination in action, imagination at work as producer and product. The big problem (also the big breakthrough) is finding the right material and the right form to give it the right shape. I'm very careful about this. Form is paramount to the writer of fiction; it's where the will to shape matter to create something new is exercised and where the work of art comes into existence.

Jaime was holding his daughter Isabel on his lap. The four-year-old was smiling and chuckling as the interview was drawing to its conclusion. Then, out of the blue, she said: I remember when I was a baby . . . I couldn't talk . . . but I could read.

You know, my little one sometimes sounds like Derrida. Often she seems to ventriloquize, and I find myself puzzling over her seeming paradoxes. But after a few moments I begin to see her point. Both when she was a toddler and now that she's soon to be five, her life offers infinite possibilities and is open to infinite roads. Only later, in a few years perhaps, the world will cease being as multiple and abundant as it is now; it will stop offering an infinitude of roads and options and will start showing just a few roads to take, in circumstances where most children are condemned to follow one exclusively. It is then that we all tend to forget the limitless offerings of art and literature, the uncanniness of the invention of shapes that allow us an intimation of a better world, one without unnecessary suffering or violence, without oppression and exploitation. Inventing forms is a huge source of joy, as most children attest every day.

Isabel couldn't talk but was innately equipped to read and in fact began reading the world the moment she first opened her eyes and was being sheltered by her mother's arms and bosom. From then on, every day, every second of her life her skull and brain expanded, her neurons established new connections by the thousands, her experience of the world began teaching her as much as and even more than the arts, the sciences, literature would teach her in later years. Assimilating her culture by enormous leaps, she was also preparing for her present and future absorption of large chunks of other cultures. For the little one is growing in a bilingual and multicultural environment. And the life of the mind before learning to read, the reading before the talking, the door open to the pleasure of starting to know herself as a self and to acknowledge the world as a universe of regularities as well as surprises, the perception of structured forms of individuality in parents and caretakers and neighbors before the growth of language . . . all this reading and deciphering and discovering together with the pleasure and the self-confidence in front of the world that takes place before its linguistic expression.

I love the way you interact with your daughter. You cuddle her, and you hold her in a protective manner as a child while speaking to her as a grown-up who enjoys the conversation. This and the beauty in her smile will linger pleasantly in my mind while I drive back to the city.

As a father Jaime sought ways to help her organize her time and nourish her genuine enthusiasm for everything she did. From all his research, he knew well that the main thing to foster in her was the freestanding focus she evinced since infancy and toddlerhood, her ability to listen, see, feel, taste, smell everything as intensely and persistently as she wished and be interested in the ordinary and the minuscule, as well as the extraordinary and the very large, and to preserve her capacity to be moved and surprised by the unexpected as well as by the beauty of people and her world.

For Jaime, everything was a treasure. Everything was a part of a larger whole, and there are laws of life and nature that rule both parts and whole. He knew this from his work on the sublime found in both arts and sciences, in physical skills and mental activities. They were beliefs he shared and sought to grow in his daughter.

Jaime's father used to tell him: Oh, how much your mother and I wanted to be here, how much we needed to remain here, to work, to learn, to love, to strive for a better life. We became the *desterrados*, the *sin tierra*, in order to become the denizens of this new land and this new culture we were creating in our new homeland. Yes, as expatriates and migrants what we left behind we experienced at first as a void, a need, and a passion (a passive, unavoidable fate), but this lack soon became an active agricultural disposition, a cultivation of new soils and a growing of new roots together with new fruits, a growing of ourselves as new others with radically new identities, and yet linked at the same time to our remembered pasts, to our memories, to the bygone fragments of our former lives.

Today we are at the same time our past and our present, our still active memories and our current strivings, a history and a culture of our own making. We live simultaneously in the three dimensions of past, present, and future. We have two different origins, the one we inherited back in Mexico and the one we built and continue building here. We have two roots, and it is our task to water them both.

Don't forget to send me the interview before it goes to print. Come on, Isabel, let's get a bite to eat.

HISTORIA SIN FIN

En una entrevista reciente mencionaste que el construccionismo solo cobra sentido en el mundo de la ficción narrativa, en donde se construyen las mentiras meticulosamente, mientras que en el mundo tangible la realidad se muestra de manera extenuante. ¿Te importaría elaborar un poco más?

Para mí es evidente que, como bien dijo un autor francés hace más de un siglo, el mundo externo existe para convertirse en una historia y en un libro. El libro es un *chantier*, un espacio en el que me sirvo de todo aquello que me sea útil para lograr una totalidad orgánica de representaciones mentales y formas —el cuento y el mundo histórico— que quiera crear. La llamada realidad es un set de piezas disponibles para que mi imaginación pueda elaborarla y moldearla. La ficción es imaginación en acción, que funciona como productor y producto. El problema central (y también el gran desencanto) es poder encontrar el material correcto y la forma correcta para poder moldearlo en la figura correcta. Soy muy cuidadoso en eso. La forma es vital para el escritor de ficción; es donde la voluntad de dar forma a la materia busca crear una entidad nueva y lograr que la pieza de arte aparezca.

Jaime sostenía a su hija Isabel en las piernas. La criatura con solo cuatro años sonreía mientras la entrevista estaba a punto de concluir. Luego, de la nada, ella dijo: Me acuerdo cuando era bebé... no podía hablar... pero podía leer.

Sabes, mi chiquitina en ocasiones se parece a Derrida. A menudo parece un ventrílocuo, y me quedo perplejo cuando escucho sus paradojas. Después de uno cuantos minutos comienzo a entender sus puntos de vista. Desde que era una niñita, y ahora que casi cumple cinco, la vida le ofrece una infinidad de posibilidades y está abierta a caminos infinitos. Sólo después, quizás en un par de años, el mundo dejará de ser tan múltiple y abundante como lo es ahora, dejará de ofrecer una infinidad de caminos y opciones y mostrará sólo algunos caminos para emprender, en circunstancias en las que la mayoría de los niños están condenados a seguir solo uno. Es entonces cuando todos, sin excepción, solemos olvidar la incontable cantidad de opciones que nos brindan el arte y la literatura, los misterios del acto de inventar formas y figuras que nos proporcionan ciertas pistas para vislumbrar un mundo mejor, uno sin sufrimiento innecesario o violencia, sin represión ni explotación. El inventar formas es un gran recurso para la felicidad, como lo demuestran los niños cada día.

Isabel no podía hablar pero estaba naturalmente preparada para leer y, de hecho, comenzó a leer el mundo en el momento en que abrió los ojos y fue sujetada entre los brazos y el pecho de su madre. Desde ese día en adelante, cada segundo de su vida su cerebro y su cráneo se expandieron, sus neuronas establecieron miles de conexiones nuevas, su experiencia del mundo comenzó a enseñarle mucho más que lo que las artes, la ciencia y la literatura le enseñarían en años posteriores. Al asimilar su cultura a saltos enormes, ella se preparaba para enfrentar su presente y su futuro absorbiendo una gran cantidad de culturas distintas. Para la pequeñina era simplemente crecer en un ambiente bilingüe y multicultural. La existencia de la mente antes de aprender a leer, la de la lectura antes de hablar, la puerta abierta al placer de comenzar a conocerse a sí misma como ser humano y de reconocer el mundo como un universo de regularidades además de sorpresas, la percepción de formas estructurales presentes en sus padres, vecinos y quienes cuidaban de ella mucho antes de la expansión de la lengua... toda esta lectura, desciframiento y descubrimiento unidos al placer y a la autoconfianza que se desdoblaba frente a un mundo que tiene lugar antes de la expresión lingüística.

Me encanta la forma como te relacionas con tu hija. La sujetas y la abrazas de manera protectora por su edad, a la vez que hablas con ella como quien se dirige a un adulto disfrutando de la conversación. Esto y la belleza de su sonrisa permanecerán en mi mente al manejar de regreso a la ciudad.

Jaime, en su calidad de padre, buscó medios para ayudarla a organizar el tiempo y que lograse cultivar su auténtico entusiasmo por cuanto emprende. Sus investigaciones le habían hecho ver que lo principal que debía alentar en ella eran la autonomía y la concentración de que daba muestras desde que gateaba, e incluso antes, para escuchar, observar, sentir, probar y oler cuanto quisiera, con la intensidad y la persistencia que deseara, para interesarse en lo ordinario y lo minúsculo, así como en lo extraordinario y lo inmenso, y para conservar su capacidad de conmoverse y sorprenderse ante lo inesperado y ante la belleza de las personas y de su mundo.

Todo esto lo veía Jaime como un tesoro. Todo era parte de una totalidad más vasta, y tanto las partes como el todo, la vida y la naturaleza, estaban regidas por leyes. Sus estudios de lo sublime localizado tanto en las artes como en las ciencias, en las habilidades corporales y en las actividades del espíritu, así lo indicaban. De esto hablaba con su hija y aspiraba a fomentar en ella esas creencias.

El padre de Jaime solía decirle: Ah, cuánto deseábamos tu madre y yo estar en este país, cuánto necesitábamos permanecer aquí, trabajar, aprender, amar, luchar por una vida mejor. Nos convertimos en desterrados, en los sin tierra, para poder llegar a ser habitantes de esta nueva tierra y ocupar esta nueva cultura que creábamos en nuestra nueva patria. Sí, como expatriados y migrantes lo que dejamos atrás lo experimentamos al principio como un vacío, una necesidad y una pasión (un destino pasivo e inevitable); pero esto pronto se transformó en una inclinación a la actividad creadora, al cultivo de nuevas tierras y al desarrollo de nuevas raíces. Así surgimos como otredades nuevas, con identidades radicalmente distintas que están a la vez unidas a los pasados recordados, a nuestras memorias, a los fragmentos que dejamos atrás de nuestras vidas pasadas.

El día de hoy somos simultáneamente nuestro pasado y nuestro presente, recuerdos activos y afanes actuales, una historia y una cultura hechas por nosotros mismos. Vivimos a la vez en las tres dimensiones de pasado, presente y futuro. Dos son nuestros orígenes: el que heredamos de México y el que comenzamos a construir y seguimos edificando aquí. Dos son nuestras raíces, y es responsabilidad nuestra regar ambas.

No te olvides de enviarme el texto de la entrevista antes de ser impreso. Ven Isabel, vamos a comer algo.

LEXICON

I learned how to read before I could speak. I apprehended the world through its material manifestations, its signs. Later, black scratches and blank spaces will tell me of the absent world. *Lexis*: Greek for "word." And also for "speech."

I can't speak. I'm left alone with my thoughts. They move flashlight-like through the shadows of this darkened world.

Daddy's always Happysad. The books I've read call this "manic-depressive."

Mommy's always Angrybusy. The books I've read call this "neurotic."

With all that I know and see with this knowing, all I want is to use my wings to fly with Daddy atop Mama's car and unzip the sky.

With all that I know I just want to splish-splash in the tub with Daddyducky. Like a pea in a pod, I'm cradled by his big arms, chest, and bubbly, warm water. His hums and the gentle swirl of water open me to those repeats of dreams I had in Mama's tummy.

I know the world of adults through books. It's one-sided. They don't grasp me.

LEXICON

Aprendí a leer antes de aprender a hablar.

Descubrí el mundo a través de sus manifestaciones materiales, sus signos. Después, los rayones negros y los espacios en blanco me revelaron un mundo ausente. *Lexis*: palabra griega. Además se utiliza en el habla.

No puedo hablar; me quedo en soledad con mis pensamientos. Se mueven como relámpagos entre las sombras de este universo en tinieblas.

Papi siempre está "contento y triste." Los libros que he leído llaman a esto "maníaco-depresivo."

Mami siempre está "molesta y ocupada." Los libros que he leído llaman a esto "neurosis."

Con todo lo que sé y lo que veo con este conocimiento, lo único que deseo hacer es abrir mis alas para volar con mi papi sobre el capote del carro de mi mami y que mi papi alcance el cielo.

Con todo lo que sé solo quiero salpicar la bañera con el papá pato. Como oruga en un capullo, me cobijan sus brazos, su pecho y el agua tibia con espuma en la bañera. Su tarareo y el suave remolino de las aguas me llevan a esos sueños repetitivos que solía tener en el vientre de mi mami.

Conozco el mundo de los adultos a través de libros. Está impreso en un solo lado de la página. No me interesan.

THE DAY I WAS BORN

On the day I was born, I sat on Doggy's bench. He growled.
    On the day I was born, Mama carried me. I cooed.
    On the day I was born, Papa carried me. I cried.

On the day I was born I crawled away.
    On the day I was born Mama picked me up and asked, Do you want more milk?
    On the day I was born, I said, Yes, I want more milk from you, Mama.

On the day I was born I painted the wall with a brush on my butt.

EL DÍA EN QUE NACÍ

El día en que nací, me senté en la banca del perrito. Ladró.
    El día en que nací, mi mamá me cargó. Me arrullé.
    El día en que nací, mi papá me cargó. Lloré.

El día en que nací me escapé en cuclillas.
    El día en que nací mi mamá me levantó y me preguntó, ¿Quieres más leche?
    El día en que nací, dije, Sí, quiero más leche de Mamá.

El día en que nací pinté las paredes con una brocha en el culo.

IN YOUR DREAMS

Mama's already in her pajamas. Mama's brushed her teeth. Mama bends down, nearly on all fours, making an arched shape with her back. Head up and mouth open, she plays Señor Azucar with me. Brush, brush, brushing to send him screaming to another land.

Finished, I grab my favorite storybook: *Rapunzel*. We jump into bed and scurry under cover. I hear Mama's voice, sounding out words. They tell me where to go in that thing Mama calls my brain. The change in Mama's voice, and I know exactly when to turn the page.

Sleepy. Lights go out. Mama, I miss Papa. I know. You'll see him soon.

No. I'll see him in my dreams.

EN TUS SUEÑOS

Mamá ya está en pijamas. Mamá ya se cepilló los dientes. Mamá se dobla, casi a cuatro patas y con la espalda en arco. Con la cabeza arriba y la boca abierta, juega al Señor Azúcar conmigo. Me cepilla, me cepilla, me está cepillando para que él pueda irse pegando gritos a otro lugar.

Terminé, tomo mi libro de cuentos favorito: *Rapunzel*. Saltamos a la cama y nos metemos entre las cobijas. Escucho la voz de mamá pronunciando algunas palabras. Me indica hacia dónde ir en aquello que mamá llama cerebro. Al cambio de voz de mamá sé exactamente cuándo dar vuelta a la página.

Dormida. Las luces se apagan, extraño a papá. Lo sé. Vas a verlo pronto.

No. Lo veré en mis sueños.

DIRTY OLD MAN

She squats, picking up beads. I see her green panties. Dutifully trained, I sneak a furtive glimpse while she's focused on other things—the organizing of beads into each box. She's almost done. I sneak another.

I see the slight pull on one side of that swell outlining her vagina. I see that silky-soft area forgotten to touch.

I tingle. I look away. It's my wife on display.

I'm that dirty old man daring to catch sight of that which has been shut away.

VIEJO RABO VERDE

En cuclillas, está recogiendo las cuentas del collar. Veo sus pantis verdes. Bien entrenado, echo un ojo disimuladamente mientras ella ocupa su atención en otras cosas—como organizar las cuentas dentro de cada caja. Casi termina. Echo otro vistazo.

Veo que el contorno de uno de los lados delinea su vagina. Veo el área suave como la seda que desde hace tiempo no ha sido acariciada.

Me excita. Volteo hacia otro lado. Es mi esposa que se exhibe.

Soy ese viejo rabo verde al que le atrae mirar aquello que le ha sido prohibido.

TUMMY ACHES

Sugar seems to ease the pain—especially candy.

I was born with a goddamn tummy ache. Not for some doctor reason. No, it was 'cause I shouldn't have been born in the first place.

I'm not gonna cry about it or nothing, but my dad and mom were A-1 assholes. Mom, upset that I was born— and six others after—because I reminded her most of the motherfucker whose idea of matrimony was kidnap and rape. So she beat me. And guess what, he beat me too— and just for the hell of it. He'd return dirty black and rot smelling from working overtime at the coffee plantation and swat me hard—and any other breathing thing—out of his way. To avoid the hard smacks, no matter how late we'd have to wait till after he buried his goddamn ugly mug in whatever scrap piles of food were served for the night.

My mom was stuck. My siblings were stuck with my mom. I knew better, though. And maybe this is because I was smart as shit—as some in town remarked. I was born with a kind of parrot tape recorder in the brain. Not like a parrot with sounds and words, but with images. I could recall all that I saw. What I saw at home was bad. And what I saw once I got some schooling was a picture of a place called Candy Land.

Anyway, it wasn't my ABCs that cleared a way. It was my pal Xoch. He told me of a way to get the fuck out. He told me a way to get to Candy Land.

Xoch introduced me to a big, tobacco-chewing mother-fucker. He told me if I stuffed this plastic bag of white stuff up my ass—candy for adults—he'd pay my way.

I did and joined a towline of inflatable rafts at the Rio Grande.

At this place known as Devil's Corner, me and a bunch of other *pinches escuincles* floated for the edge. We were warned of swift currents. Of snakes in the brush and big white dudes with green suits and guns.

What I saw till I reached the other side was all sorts of floating shit like Coke cans, bottles, sneakers—even bobbing baby bottles and pacifiers.

My only worry: not to squeeze too hard, or it might all come out.

I kept it in and kept dry the birth certificate I had stuffed into my front jean pockets.

I survived. Others didn't. I'm a smartass mother.

I'm living in a box, selling what I can at this shithole of a bordertown. I still do a little transportation here and there—when my tummy's not in pain. I heard of those massacres in Huehuetenango. I think about my brothers and sisters back home but hope the rest got what they deserved.

My name's Micho. I'm a smart motherfucker. I found Candy Land—but my tummy still has that everlasting ache.

DOLORES
DE BARRIGA

El azúcar parece calmar el dolor—especialmente los dulces.

Nací con un maldito dolor de barriga. No porque lo haya diagnosticado algún doctor. No, sino porque en primer lugar no debí haber nacido.

No voy a llorar por eso ni por cualquier otra cosa, pero mi madre y padre fueron unos Cabrones con C mayúscula. Estaban encabronados porque había nacido—y otros seis detrás de mí—y me acuerdo de mi madre en particular:

la hija de puta tenía la idea de que el matrimonio era secuestro y violación. Por eso me golpeaba. Y qué crees, también él me ponía unas palizas—y nada más por el gusto de golpearme. Regresaba negro de mugre y oliendo agrio a sudor después de trabajar algunas jornadas extras en la plantación de café, y me pegaba recio—y le pegaba a cualquier persona que estuviera cerca. Para evitar esas tremendas palizas, sin importar lo tarde que fuera, teníamos que esperar hasta que colgara la jeta en la mierda de comida que se servía en la noche.

Mi mamá estaba estancada. Mis hermanos estaban estancados con mi mamá. Yo no. A lo mejor era porque de pendejo no tenía ni un pelo—como decían algunos en el pueblo. Nací con una grabadora en el cerebro, como un perico. No como un perico que hace sonidos y habla, sino como uno que graba imágenes. Podía recordar todo lo que había visto. Lo que vi en casa fue horrible. Y lo que al fin pude ver cuando fui a la escuela fue la tierra prometida.

En fin, no fueron las letras del alfabeto las que me indicaron el camino. Fue mi carnal Xoch. Me dijo cómo hacerle para salirme de ese infierno. Me contó cómo llegar a la tierra prometida.

Xoch me presentó a un grandote hijo de puta, masticador de tabaco. Me dijo que si me metía en el culo esta bolsa de plástico llena de polvo blanco—caramelo para adultos—me pagaría el viaje.

Lo hice y, como en la cola de las tortillas, me uní con aquellos que esperaban cruzar el río Grande con unas llantas inflables.

En este lugar llamado Esquina del Diablo yo y un montón de pinches escuincles flotamos hacia la otra orilla. Nos habían advertido de las corrientes rápidas. También de las serpientes en la maleza y de los blancos grandotes vestidos de verde y con armas de fuego.

Lo que vi cuando llegué al otro lado era un montón de chingaderas que flotaban, como latas de Coca-Cola, botellas, envolturas de chocolates Snickers—hasta biberones de bebé y chupones.

Mi única preocupación era: no apretar demasiado o, de lo contrario, se saldrá todo el aíre. Pude hacerlo y mantener seco el certificado de nacimiento que me había metido en la bolsa delantera del pantalón.

Sobreviví. Otros no pudieron. Soy bien chingón e inteligente.

Vivo en una caja, vendiendo lo que puedo en esta mierda de pueblo fronterizo. De vez en cuando trafico drogas—cuando no me duele la barriga. Me entero de las masacres en Huehuetenango. Pienso en mis hermanos y mis hermanas que se quedaron allá, pero espero que el resto haya recibido lo que se merece.

Mi nombre es Micho. Soy bien chingón e inteligente. Encontré la tierra prometida—pero sufro de un dolor de barriga que parece eterno.

MIDDLES

BREAKING BAD

Ever break the law, even just a little? Don't shit me now. I don't think there's a soul on this planet who hasn't.

But is breaking the law the same kind of animal as cheating? And I don't mean cheating fat cats or the government or some such. I'm certainly not smart enough to even begin to know how to do that. No, I mean that cowardly, sneaky kind of cheating you do with someone other than your main squeeze; could be with a woman or that a woman does with a man—or any other configuration you might imagine. I've never been picky. And anyway, these days, it's all up for grabs.

I'm the king of this shit. And not because of some kind of sex addiction, as I've been told many times. No. It's something to do with getting yourself to that edge, leaning over, and waiting for all holy hell to break loose.

I've never been very good at cheating. Some are. They have that cool-as-a-cucumber, sociopathic type of personality that gives 'em all sorts of advantages, like being able to make up shit without a hint of it smelling like stinky excrement. That is, if I really think hard about it, and I have, I don't stay in it long and for anything other than that I know that the longer I do stay in it, the harder that shit dam will break. The harder I'll fall. The more I will feel something (heartache, loss, whatever the hell)—when most of the time I just don't.

Inched over that edge, you wake up one morning knowing that day may have arrived. Your imagination takes over. Time slows to a *Matrix*-flick standstill; it's all in slow motion like those long summers as a kid . . . or like time behind prison bars.

You're wrecked. Strung out.

You feel an overwhelming desire to close your eyes and shut off the brain.

You're nauseated.

You make it to day's end.

You're ready for more pain in breaking bad.

QUE TE SALGA LO CABRÓN

¿Alguna vez has violado la ley, aunque sea un poquito? No me vengas con chingaderas. No creo que haya ningún alma en este mundo que no lo haya hecho.

Pero violar la ley no es lo mismo que ser infiel. Y no me refiero a engañar a puercos gordos o al gobierno o algo así. Todavía no soy lo suficientemente inteligente como para lograr hacerlo. No, me refiero a ese tipo de infidelidad cobarde, esa relación clandestina en las sombras que uno tiene con alguien más que con nuestra media naranja; puede ser con una mujer o una mujer con un hombre—o cualquier combinación que uno se pueda imaginar. Nunca he sido una persona delicada. Y sin embargo, hoy en día, todo está disponible.

Pues yo soy de esa camada. Y no a causa de una adicción sexual, como me han dicho tantas veces. No. Es más bien porque me gusta jugar con fuego, jugar a quemarse, ahogarse y esperar que la mierda salga a flote.

Nunca he sido tan bueno en el arte de la infidelidad. Algunos lo son. Cuentan con ese tipo de personalidad sociopática, fría y calculadora como un témpano de hielo que los "posiciona" en ventaja, como el ser capaz de mentir igual que se tirarse un pedo sin la pestilencia de la mierda rezagada. Ahora que lo pienso, y mira que lo he pensado, son aventuras pasajeras y solo porque sé que cuanto más tiempo me quede en una, más mierda saldrá cuando se descubra. Estaré más atascado en ella. Sentiré más (el vacío en el pecho, la pérdida o cualquier chingadera)—cuando en realidad no siento nada la mayoría del tiempo.

Acorralado contra la pared, te despiertas un buen día sabiendo que el juicio final ha llegado. La imaginación se apodera de ti. El tiempo se paraliza como en la película *Matrix*: todo en cámara lenta, como son los veranos para un niño... o como pagar una condena en prisión tras las rejas.

Estás en la ruina. Ahorcado.

Sientes un enorme deseo de cerrar los ojos y desconectar el cerebro.

Te da asco.

Llegas al final del día.

Quieres más dolor para que te salga lo cabrón.

MOTORBIKE GUY

After a rather misty and wet half-hour drive along the ridge of the Hills, then a quick squirrel down onto a couple of backstreets to Fruitvale Ave., San Leandro Blvd., then Hegenberger, she reached the Oakland Coliseum DMV. Xochi had to get her Class M. She needed it to get a plum job as a motorbike courier in the city across the bay.

She had arrived with some minutes to spare. She decided to take a look at the obstacle course she was about to be tested on. It was across the parking lot, she learned from some official-looking guy in a blue shirt and black pants, walking with arms and hands locked in front with a clipboard.

At the tail of a line of cars was an Xbox RoboCop–looking guy on a crotch rocket and a couple of leather-clad biker-gang dudes. They were all waiting for Clipboard Guy to finish some paperwork and give the green light for the testing.

Xochi knew that if one foot hit the pavement she'd be out. She knew that if her front wheel went out of the two white painted lines on the tarmac, she'd be out. Either way, if she didn't pass she'd be out of a job. She'd be outta life.

She gave the obstacle course a shot. Snaking through cones clockwise twice, then snaking her way back, her foot hit the ground and the tire went out of the lines. Panic set in. That kind where you sort of shut down, go into a self-destructive autopilot mode. The bike wouldn't obey.

Doomed. Xochi went back to the parking lot to kickstand the motorbike and shake it off.

Then it happened. A mustachioed brown-faced guy suited up in a hard-core leather silver racing outfit from tip to toe was putting on his helmet. Xochi spilled her guts. She needed this M Class. She needed this job. In that staccato sotto voce way that silver-screen Mexicans speak, he told Xochi: Hard on throttle. Use back brake to control. Go.

Whish. He was gone.

Xochi returned to the line, watching as one by one each the Racer Dude and the Gang-Motorbiker Dudes were RU-488 nixed by Clipboard Guy. One by one they tested—and failed.

Xochi kept focused on the *F* on the fuel gauge. She found that Bruce Lee kung fu Zen space and pushed everything from her mind: an eight-year-old in need of clothes, rent two months overdue, hospital bills growing fat from interest . . .

Xochi entered the course. She snaked between the cones, entered the white-lined path, massaged the brakes in and out, kept the throttle revved at a steady hum. Left and right hands braking and throttling in choreographed syncopation, Xochi hit the sweet spot of balance and poise.

Sign here and go to window 24. You passed.

Thanks to Motorbike Guy, Xochi got her M Class that day. They'd given her job to another. She'd have to figure out another way to feed and clothe her kid.

EL CHICO DE LA MOTOCICLETA

Después de manejar media hora por la carretera mojada y con neblina por los Hills, y dar vuelta por las calles traseras de la avenida Fruitvale, San Leandro Blvd., y luego por Hegenberger, llegó al coliseo de la oficina de transporte y vehículos DMV de Oakland. Xochi tenía que sacar una licencia para manejar una motocicleta. La necesitaba para conseguir ese puesto en el que pagarían bien y trabajaría como mensajera. Para eso tenía que andar en motocicleta por la ciudad y alrededor de la bahía.

Llegó con algunos minutos de anticipación. Decidió echarle un vistazo a la pista y practicar con los obstáculos donde sería examinada. Supo exactamente lo que tendría que hacer mientras estaba parada frente al estacionamiento y de viva boca de un muchacho que parecía oficial y que llevaba una camisa azul y pantalones negros, que caminaba con una tabla de madera para escribir que sujetaba con los brazos al costado porque tenía las manos metidas en ambos bolsillos.

Al final de la cola estaba un muchacho que parecía un RoboCop de Xbox y estaba montado en lo que parecía un cuete espacial, rodeado de dos tipos que vestían de piel como los que pertenecen a una pandilla de motociclistas. Todos estaban esperando al muchacho con la tabla de madera que estaba terminando de llenar unos papeles y que les daría la señal para comenzar el examen.

Xochi sabía que si un solo pie llegaba a tocar el piso estaría eliminada. Sabía que si el neumático de enfrente se salía de las dos líneas blancas que estaban pintadas, estaría también eliminada. De una u otra manera, de no pasar el examen se quedaría sin el empleo. Se quedaría sin vida.

Intentó hacer una prueba de práctica. La motocicleta pasaba entre conos siguiendo las manecillas del reloj como una serpiente, y de la misma manera lo hizo de regreso, pero el pie tocó el piso y el neumático se salió de las líneas blancas. Entró en pánico. De ese tipo de pánico que paraliza y el que causa que uno mismo se convierta en enemigo propio. La motocicleta no obedecía.

Estaba en total desconsuelo. Xochi regresó a la pista del estacionamiento para estacionarla y tranquilizarse un poco.

Luego todo pasó. Un tipo moreno que tenía un bigotazo se estaba poniendo un traje de piel de color metálico que le daba de pies a cabeza y también se colocaba el casco. A Xochi se le cayó la mandíbula al suelo. Necesitaba esta licencia para conducir una motocicleta. Necesitaba el empleo. Con ese acento típico staccato *sotto voce* con el que hablan los mexicanos, el tipo le dijo a Xochi: Duro con el acelerador. Usa el freno de atrás para que puedas mantener el control de la motocicleta. Anda. Y así de la nada, desapareció.

Xochi regresó a la línea, viendo cómo de uno en uno el piloto de carreras y la pandilla de motociclistas fueron etiquetados por el chico que llevaba la tabla de madera. Uno a uno tomaron el examen—ninguno lo pasó. Xochi se mantuvo enfocada en la *F* del tanque de gasolina. Con la tranquilidad con la que Bruce Lee medita antes de una escena de kung-fu, aclaró su mente: una niña de ocho años que necesitaba ropa, dos meses de alquiler que debía, y las cuentas del hospital que aumentaban...

Xochi entró en la pista. Dio vuelta en la motocicleta como una serpiente entre los conos, se mantuvo dentro de las líneas blancas, controló los frenos, mantuvo el acelerador a un ritmo estable. Se desplazó como quien lo hace en una coreografía sincronizada y llegó al final, puso en balance la motocicleta y posó triunfantemente.

Firme aquí y pase a la ventanilla 24. Aprobó el examen.

Gracias al chico de la motocicleta, Xochi obtuvo su licencia ese mismo día. Pero le dieron el trabajo a alguien más. Ahora tiene que buscar otra alternativa para mantener a su hija.

FAMILY MAN

He was proud that his daughter, Carla, was writing such smart things. He was proud that she was taking advanced classes at the local junior high.

Carlos was an émigré. He had crossed the border in 1994 in search of a better life. He was Mexican.

It was all working out. He had met Ana at a friend's house in Richmond, California. A summer BBQ. They were in love. They wanted to have a family. After apprenticing with an HVAC veteran for a year, he was about to begin work for a heating company, Thermus. It was a good time to buy a house and settle down with a family.

They couldn't afford a house but could make kids. They did. Carla and Carlos Jr.

He was proud of both. He was proud that Carla was doing well in school, that she had copied lyrics from a Kurt Cobain song and turned them into her own poetry. He thought everything she did was a major accomplishment.

He was proud that his son, Carlos Jr., already had a girl-friend, a *gabacha* with a penchant for Latinos who liked to be called Alicia—*A-lee-siaa*—and not Alice. He was proud that Carlos managed to maneuver his way through tenth grade—a difficult time for any kid but especially a Latino in a school with blacks against browns.

One evening Carlos and Ana got the news. Carla was pregnant and had miscarried. And Carlos Jr. got jumped. Both were at the Richmond Kaiser. Both were lying in hospital beds with tubes sticking out of stomachs and into mouths.

UN HOMBRE DE FAMILIA

Estaba orgulloso de que su hija, Carla, escribiera cosas tan inteligentes. Estaba orgulloso de que ella tomara clases avanzadas en la escuela secundaria local.

Carlos era un inmigrante. Cruzó la frontera en 1994 en busca de una mejor vida. Era mexicano.

Todo iba bien. Había conocido a Ana en la casa de un amigo en Richmond, California. Un verano en una parrillada. Estaban enamorados. Querían tener una familia. Como aprendiz por un año de un veterano en sistemas de calefacción y aire acondicionado, Carlos estaba a punto de comenzar a trabajar para una compañía de calefacción, Thermus. Era una buena época para comprar una casa y sentar cabeza.

No tenían para comprar una casa, pero podían hacer hijos. Y los hicieron. Carla y Carlos Junior.

Estaba orgulloso de ambos. Estaba orgulloso de que a Carla le fuera bien en la escuela, de que pudiera copiar la letra de las canciones de Kurt Cobain y convertirla en su propia poesía. Pensaba que todo lo que ella hacía era un gran logro.

Estaba orgulloso de que su hijo, Carlos Junior, también tuviera una novia—una gabacha con una afición por los latinos que le gustaba ser llamada Alicia—*A-lee-sia*—y no Alice. Estaba orgulloso de que Carlos Junior pudiera maniobrar el décimo grado—eran tiempos difíciles para cualquier chico pero en especial para un latino en una escuela en la que los negros peleaban con los latinos. Una tarde Carlos y Ana recibieron la noticia. Carla estaba embarazada y abortó. A Carlos Junior le pusieron una madriza. Ambos estaban en el hospital Richmond Kaiser. Ambos estaban postrados en una cama de hospital, con tubos que salían desde el estómago hasta la boca.

HELL TO PAY

Isabel asks the Russo-American septuagenarian lady how much.

Five dollars, sweetheart.

How about two-fifty, she asks, spurred on after some whispered coaching from her papa, Luis, a trickster in the line of her grandad, Luis.

Sorry, sweetie, but I have to stick to five dollars, or I won't make anything today.

When a lot of folks choose to harden knees at the pew, Luis *hijo* and his almost four-year-old daughter wear out soles weaving through the resplendent sounds, sights, and smells of the swap meet.

Ever since Luis hijo's so-called turn when he was ninesomething, Sunday mornings ceased being reserved for the spiritually precious. He lived with Luis, his dad, during this time. Not knowing him well, the parentals having divorced just when Quetzalcóatl stopped diaper delivery and the postformula DTs subsided, he called his dad Luis.

Looking back as an adult, our protagonist is still not sure if dad Luis thought: (A) that he, Luis hijo, was somehow in danger of a preternatural reproductive mishap and needed that birds 'n' bees talk; or (B) that another chance might not come up to give Luis hijo that hand-on-shoulder CliffsNotes talk on *On the Origin of Species*. Come summer, Luis hijo'd be returning north of the border to his gringa mom.

Whatever the motive, our protagonist's spiritualist world view (raised under the bittersweet spell of a single mom's Catholicism) was given a radical shakedown.

No Father. No Son. And certainly no Holy Ghost. No Virgin Mary either. No original sin. No heaven and no hell.

From here on out: just Luis hijo and a world filled with opposable thumbs, gene mutation ontogenesis, universal grammar, and causal and counterfactual thinking—all that he might need to get down and dirty with the grime 'n' grit of the world.

As family lore would have it, the incense stench, Liberace-glittered priest regalia, rancid wine, and stale wafer at the confirmation sent pubescent Luis papa into a tailspin. With stomach a-churl, he blazed down the aisle filled with uncles, aunts, abuelos, and abuelas, pushed the church doors open, then upchucked God, the Virgin Mary, and baby Jesus all at once.

With religion out, Luis papa knew the family would just barely accept his proposed alternative: Sundays at the library. So a couple of years later he was spending this day of the week—and then all his spare hours—reading up on all sorts of Euro-heretics: Aristotle, Goethe, Marx, Sartre, de Beauvoir, Hegel, and Spinoza. Once he began to earn money typing for a local bank, he used some saved pesos to go existentialist black: black pants and turtleneck, black floor-to-ceiling bedroom. He also took up chain smoking. A regular *poète maudit* wannabe he was.

As the lore would have it, it was this—and not the 250 pounds of extra weight—that stopped the heart of his God-fearing mama, Leonor.

It wasn't so much a legacy of black on black that was passed on to our protagonist. No. It was the extravagant use of Sundays, one that defied family and country tradition. Luis hijo's legacy in turn has become the Holy Trinity of bric-a-brac, churros, and the art of the haggle at the local swap meet.

Sundays are certainly the most costly day of the week: a buck fifty at the gate. Kids under two go free. And our protagonist has been hit hard of late as an adjunct prof at a JC in Pinole. Nonetheless, it's this regular Sunday trip that makes it all seem like it will turn out OK.

As a rule, Luis hijo likes to get there early. Just as the vendors are setting up. The mangos, strawberries, and papayas are fresh, and the smell of pan dulce, churros, and fresh-baked cookies fill the air. The god-awful blend of *ranchera* music and narcocorrido rap hasn't yet begun to boom.

With the tickets punched, he and Isabel follow their usual path: to begin in the middle row, serpentine their way right, and cross back over the middle, then follow the same weave movement on the left side.

His mantra: Keep the mind open and vision wide. Be ready to telescope into swift sharp focus and pounce. The place is chock-full of its usual fare: soccer jerseys, gaucho gear, bunched *calcetines*, and *chones*; guys offering massage and cure-all Chinese cupping treatments; garage bric-a-brac like speed drills, Sawzalls, wrenches, binoculars, weights, bikes, microwave ovens; pirated Xbox games and DVDs—anything and everything you can imagine under the shadow of a 400-by-300-foot movie screen.

Our protagonist spots some binocs. A good-looking, young, pants-hanging-off-the-ass Middle Easterner is helming the stall.

How much, he asks.

Thirty-five, he says, with an MTV rap-style lilt and head-cocked look!

How about twenty. Luis hijo wants to push and find the edge of the negotiating boundary.

Nah, man, my boss over there has to pay me and my pardner for the day and cover the stall. Plus it's early. Best I can do is twenty-eight, bro!

How about twenty-five and you throw in that Craftsman monkey wrench?

No can do, browski.

You'd be willing to lose this deal over a monkey wrench and a couple of bucks' difference?

He clams up. Doesn't want to play. Doesn't want to throw down and make an art of the bargain.

Luis hijo walks. Luis papa would've been proud. To bargain is to see the other in the eye. It's a personal acknowledgment.

Later he picks up some Bushnell 10×40s for seven bucks; the guy started at fifteen, he started at five. They found their way to the yin-yang, nodding steeped in satisfaction.

With five dollars still tucked away in the left front pocket of her ready-to-wear swap-meet sweats, Isabel stealthily scopes the scene once again. Tugging with one hand and pointing with the other's finger, she steers and directs Luis hijo — her own Luis papa — to the stall of her desire. On a table at about Isabel's eye level stands a back row of those Juan Diego–at-the-feet-of-the–Virgin Mary ceramic casts with like-imaged votive candles squeezed in between. At the front sits a row of primed and plumed secondhand Barbies. Happily sunning themselves, these twenty-first-century Barbies come in all shades of the phenotypic spectrum and sport anything from tennis minis to *flor de piña*–styled dresses and baroquely embroidered blouses.

Tug, finger, fire: Isabel sees something she likes—a sporty blonde and a ball-ready brunette.

She holds them up to the young Latina manning the stall.

How much for these two Barbies?

Seis . . . six!

How about four?

How about five and you got yourself a deal?

You'll have hell to pay for this, Luisito, Tata Leonor's words reverberate.

As Isabel cinches the deal, Luis hijo thinks how about half price and yagotchyourself a deal.

TE VAS A CONDENAR EN EL INFIERNO POR REGATERO

Isabel le preguntó que cuánto costaba a la setentona ruso americana.

Cinco dólares, cariño.

¿Qué tal dos cincuenta?, propuso de manera impulsiva después de cuchichear sobre el asunto con su papá, Luis, un avaro sin igual como el mismo abuelo, Luis.

Lo siento, cariño, cuesta cinco dólares o de lo contrario no voy a ganar nada el día de hoy.

De la misma manera que la gente opta por arrodillarse en el banco de la iglesia, la devoción que Luis hijo y su niña de casi cuatro años mostraban por el pulguero era digna de admiración.

Desde que había cumplido casi nueve y pico, los domingos por la mañana dejaron de ser días de espiritualidad. Vivía con Luis, su padre, durante esta época. Casi no lo conocía cuando se divorció de madre, pues esto coincidió con el momento en que Quetzalcóatl dejó de entregar pañales y cuando dejó de haber leche en la mamila de los biberones, lo llamaba Luis.

En retrospectiva y ya en edad adulta, nuestro protagonista no está cien por ciento seguro de lo que su papá Luis pensaba realmente: (A) que él, Luis hijo, corría de alguna manera peligro de reproducirse de modo sobrenatural y por eso necesitaba hablar de sexo; o (B) que no se presentaría otra oportunidad para darle a su hijo esa palmada en la espalda sobre la plática del *Origen de las especies*. Cuando llegó el verano, emprendería rumbo al norte de la frontera para ir a ver a su mamá gringa.

Cualquiera que hubiera sido el motivo, el punto de vista espiritual de nuestro protagonista (producto del catolicismo agridulce de su madre) había sido puesto de cabeza y patas arriba, como un santo.

No había Padre. No había un Hijo. Y ciertamente no había un Espíritu Santo. Tampoco había una Virgen María o pecado original. No había cielo ni infierno.

Desde ese momento en adelante: solo existía Luis hijo y un mundo de oposiciones, mutaciones genéticas, gramática universal y un pensamiento casual y crítico sobre los hechos—era todo lo que necesitaba para ponerse al mismo nivel con el resto del escombro del mundo.

Como lo diría la ciencia natural de la familia, el humo del incienso, la regalía brillosa de la liberación, el vino rancio, la hostia estática de la confirmación, todo esto puso a Luis papá de cabeza. Con el estómago hecho nudo se dirigió desde el pasillo lleno de tíos, tías, abuelos y abuelas, abrió las puertas de la iglesia y vomitó sobre Dios, la Virgen María y el niño Jesús, todos juntos.

Purgado de toda religión, papá Luis sabía que la familia quizás no aceptaría esta propuesta alternativa: pasar los domingos en la biblioteca. Un par de años después destinaba este día de la semana—y luego todos sus ratos libres—leyendo todo tipo de herejes europeos: Aristóteles, Goethe, Marx, Sartre, de Beauvoir, Hegel y Spinoza. Cuando comenzó ganar dinero trabajando para un banco, utilizó algunos pesos que había ahorrado para convertirse en un existencialista negro: usar pantalones negros y un cuello de tortuga, poner loza negra en el piso que se extendía hasta cubrir también el techo del cuarto. Además comenzó a fumar compulsivamente. Era todo un aspirante a *poète maudit* o por lo menos intentaba serlo.

Fue lo que la ciencia determinó—y no las 250 libras de sobrepeso—la razón por la que se detuvo el corazón de su mamá Leonor, quien sí tenía temor de Dios.

No era necesariamente hereditario el gusto del color negro que corría por las venas de nuestro protagonista.

No. Era lo extravagante que le parecían los domingos y no tanto desafiar a la familia o las tradiciones de su país. Esta herencia de Luis hijo se ha convertido en la Santa Trinidad de las baratijas, los churros y el arte de regatear en el pulguero.

Ciertamente los domingos son los días más costosos de la semana: a $1.50 a la entrada. Los niños menores de dos años pasan gratis. Y nuestro protagonista por las de Caín pues trabajaba sólo como un profesor adjunto en el JC en Pinole. Sin embargo, son estos paseos del domingo los que brindan la esperanza de que todo estaría bien.

Una de las reglas de Luis hijo es que le gusta llegar temprano al pulguero. Justo cuando los vendedores se están instalando. Los mangos, las fresas y las papayas están frescas y el olor a pan dulce, churros y galletas recién horneadas saturan el aire. Llegar cuando la horrenda mezcla de música ranchera y de narcocorridos estilo rap todavía no ha comenzado a sonar.

Con las entradas perforadas, él e Isabel siguieron el camino de siempre: comenzar en la fila de en medio, dar vuelta a la derecha y luego cruzar otra vez por la parte de en medio, entonces seguir la misma trayectoria pero hacia la izquierda.

Su mantra: mantener la mente abierta y los ojos bien abiertos. Requería ser capaz de ver como lo hace un telescopio, en aumento, y lanzarse a regatear. El sitio está lleno de objetos usuales: playeras de fútbol, accesorios de vaquero, calcetines, chones; muchachos ofreciendo masajes y tratamientos chinos de succión de copas que lo curan todo; baratijas como taladros de cochera, serruchos, engranajes, binoculares, pesas, bicicletas, hornos de microondas; juegos de Xbox piratas y DVDs—todo lo que te puedas imaginar bajo un techo de 400 por 300 pies.

Nuestro protagonista vio unos binoculares. Un joven apuesto, de rasgos árabes y que llevaba pantalones que le colgaban del culo, se encontraba detrás del changarro donde estaban los binoculares.

¿Cuánto?, pregunta.

Treinta y cinco, responde el joven con un estilo rapero sacado de MTV y con una cara de pocos amigos.

¿Qué tal veinte? Luis hijo quiere presionar y ver cuál es lo mínimo que puede ofrecer.

No, carnal, mi jefe que está allá tiene que pagarme y aparte tengo que sacar para el alquiler del día. Aparte es temprano. El mínimo en lo que te los puedo dejar es en veintiocho, carnal.

¿Qué tal veinticinco y me das aparte esa llave inglesa Craftsman?

No puedo.

¿Vas a perder el trato por una llave inglesa y un par de dólares de diferencia?

No dijo ni pío. Ya no quiere jugar. No quiere darse por vencido o seguir jugando al regateo.

Luis hijo camina triunfante. Luis padre hubiera estado orgulloso. Regatear es poder ver directamente los ojos de las personas. Es un reconocimiento personal.

Más tarde consigue un telescopio 10×40 por siete dólares; el tipo pidió quince, él ofreció cinco. Llegaron a un punto intermedio como el balance del *yin-yang*, y Luis aceptó con gran satisfacción.

Con cinco dólares todavía en el bolsillo izquierdo del pantalón que estrenaba del pulguero, Isabela estaba lista para aprovechar otra oportunidad. Con una mano dentro del bolsillo y señalando con el dedito de la otra mano, conduce a Luis hijo—su propio Luis papá—al changarro que le interesaba a la niña. En una mesa que le llegaba a ras de los ojos y en donde había una hilera de cerámicas de Juan Diego arrodillado ante la Virgen María que tenían esculpidos unos huecos entre medio para colocar velas, ahí estaban también en la hilera de enfrente unas Barbies de segunda mano en buena condición. Las muñecas se encontraban felizmente tomando el sol. Estas Barbies del siglo XXI representaban a toda la gama de fenotipos y llevaban puestas distintas prendas como minifaldas tenis y hasta de esos vestidos que parecen una flor de piñata y unas blusas con bordados barrocos.

Mano en el bolsillo y señalando con el dedito, está lista: Isabel ve algo que le llama la atención —una Barbie que es rubia y deportista y una Barbie morena que parece que está lista para ir a un baile de noche.

Las levanta para enseñárselas a la latina que está detrás del changarro.

¿Cuánto por estas dos Barbies?

¡Seis... *six*!

¿Qué tal cuatro?

¿Qué tal cinco y hacemos trato?

Te vas a ir al infierno por regatero, Luisito, las palabras de la abuela Leonor resonaron.

Mientras Isabel amarraba el trato, Luis hijo propone, ¿qué tal la mitad del precio y hacemos trato?

FRANK

My name's Francisco Guzmán.

I'm of the new Mex generation that totally relates to films like Bekmambetov's *Wanted*—and not those cornball Mex musical flicks of my parents' generation. I relate to that white guy, Wesley, who works nine to five in the cubicle with a fuck-off bitch for a boss. The squeeze of the stapler that goes clack-clack in your ear hole while you're already overwhelmed by a stack of stank—all those documents that still have to be calibrated, quantified, deliberated. I didn't have a woman for a boss, but the prick (or lack thereof) might as well have been the same Oompa Loompa–looking, ginger-haired bitch from the movie. And I worked as an actuary, not an accountant. All the same, I was that all-too-overworked, anxious, lonely, suffering git. And like Wesley, who took his keyboard and busted his pretend best friend Barry against the chops (the keys fly slow motion through the air and spell: F-U-C-K Y-O-U), this dog finally got his day.

Of course, I didn't run into some secret society called the Fraternity. No, that only happens in comic books and films inspired by comic books. While on lunch break, I was cruising porn (don't worry, it wasn't on the office computer) and intermittently looking at websites about empowerment. There's a bunch of stuff on women needing empowerment, but nothing for guys.

Until, that is, I came across MANCLUB. Not much was stated about the organization, but there was a contact. I shot off an e-mail ASAP.

I write this to you all a year later—a year after joining MANCLUB. I write this to you sitting in my Oscar Niemeyer designer chair, looking out over the bay, contemplating what I'm going to do with the eight-digit dollar profit figures ticking away. I write this to you wondering what thrill I'll seek out next? What business I'll invent to sell to venture capitalists next? What little number I'll dine with tonight? I write this, not as that suffering, whimpering thirty-nine-year-old, but as a forty-year-old reborn of the MANCLUB.

I've been trained in reading body language and facial incongruity and lie-detection cues. I've been schooled in the art of magic and illusion. I've been coached in combat and defense strategies. I've been taught the art of comportment.

The world opens to Frank.
    The world lies down at Frank's feet.
    Francisco, now known as Frank, is a member of the MANCLUB.

FRANK

Mi nombre es Francisco Guzmán.

Soy de la nueva generación mexicana que se identifica solamente con las películas *Wanted* de Bekmambetov—y no con esas mugres películas con música ridícula de la generación de mis padres. Me identifico con ese chico blanco, Wesley, que trabaja de nueve a cinco en el cubículo y que tiene un jefe hijo de puta. Alucino al tener que apretar la engrapadora, y el pinche sonidito ese que hace clic-clic y que te perfora el oído porque estás tan harto del altero de mierda—todos esos documentos que todavía tienen que ser calibrados, cuantificados, deliberados. Mi jefa no era una mujer, sino un cabrón (al que le faltaban los huevos) como el enano ese de Oompa-Loompa, un hijo de puta pelirrojo sacado de esa película. Trabajaba como un actuario, no como un contador. Era lo mismo, tenía demasiado trabajo, estaba ansioso, era simplemente un bastardo que sufría. Y como Wesley, que tomó el teclado y mandó a la fregada a su supuesto mejor amigo (las teclas se movían en cámara lenta mientras escribía: C-H-I-N-G-A A T-U M-A-D-R-E), así mismo este pobre infeliz finalmente se salió con la suya.

Claro, tampoco fue que corrí tras las faldas de ninguna sociedad secreta, la llamada Fraternidad. No, eso sólo pasa en las historietas y en las películas inspiradas en las historietas. Durante el almuerzo, estaba viendo pornografía (no te preocupes que no fue en la computadora de la oficina) y a ratos visitaba sitios en internet sobre el fortalecimiento personal. Hay muchísimo sobre mujeres que necesitan fortalecimiento, pero nada para los hombres.

Hasta que, cierto es, me topé con MANCLUB. No decía mucho sobre la organización, pero había información para contactar a alguien. Así que mandé un correo electrónico rápidamente.

Te lo escribo y te lo cuento un año después—un año después de haberme unido a MANCLUB. Te lo cuento aquí, mientras te escribo sentado a dos nalgas en mi silla, modelito del diseñador Óscar Niemeyer, mientras miro a través de la ventana la bahía de San Francisco y pienso en lo que voy hacer con las ganancias de ocho dígitos que no han llegado ni llegarán nunca. Te lo cuento mientras escribo, y al mismo tiempo me pregunto: ¿Qué chingados voy hacer después? ¿A qué conquista llamo para que me haga compañía esta noche? Escribo esto no desde un estado de sufrimiento, llorón de treinta y nueve años, sino como un cuarentón que ha renacido gracias a MANCLUB.

He tenido entrenamiento en la lectura de lenguaje corporal y la incongruencia facial, así como para poder identificar las señas para detectar la mentira. He tenido entrenamiento en el arte de la magia y el ilusionismo. He sido entrenado en estrategias de combate y de defensa. Me han enseñado el arte del comportamiento.

El mundo se abre para Frank.

El mundo está a los pies de Frank.

Francisco, mejor conocido como Frank, es un miembro del MANCLUB.

THE AMERICANO WAY

Michael is Jewish (father) and Protestant (mother).

Michael likes Jewish iconography but is a self-proclaimed almost atheist.

Michael drives a teal-blue BMW—a Beamer, in more common parlance.

Michael lives in a 1.2 million dollar triple-tiered home with a view of San Fran.

Michael frequently drinks Grey Goose vodka–Cointreau cosmos with a twist of lemon.

Michael likes to pet his 5,340-dollar designer suede couch.

Michael infrequently screws his El Salvadoran wife.

Michael frequently plays Call of Duty.

Michael works for the working class.

He defends those who've lost feet in lawnmower accidents or other appendages and the like on factory lines.

He works for Latinos.

Michael used to paint houses.

Michael fell into the business of lawyering, just like he fell into and through most of school.

Michael went to Berkeley High—high.

Michael then went to Chico State—high.

Michael did well on the LSAT exam—high.

Michael went to law school—not high.

Michael was thrown the case that made all the difference, one day.

Michael represented the daughter of a meth addict bum-rushed then killed by Oakland's SWAT and PD.

Michael's defense was complicated: SWAT and PD banded together. They claimed that it didn't matter what the officer's gun was loaded with. That Mateo would have been killed either way. That he was reaching for his gun. The defense claimed he didn't reach for the gun and that brutal and unnecessary force was used. The autopsy proved that the loading of 12-gauge point rounds (and not the requisite nonlethal beanbag projectiles) sucker-punched a hole so big that Mateo died on the spot.

The hole: One officer refused to play along, going on record that Mateo wasn't reaching for anything. But this officer suddenly died of a heart attack the night before the trial.

There was no witness to testify against the SWAT and PD demolition of Mateo's life.

Playing a skilled lawyer hand, Michael put 50K into the pocket of the eighteen-year-old daughter and two-year-old granddaughter left behind, only to find out later the daughter was now screwing the cop who'd shot her daddy.

A LA AMERICANA

Miguel es judío (por parte de padre) y protestante (por parte de madre).

A Miguel le gusta la iconografía judía, pero se ha proclamado a sí mismo casi ateo.

Miguel conduce un BMW azul verde—un Beamer, como se diría comúnmente.

Miguel vive en una casa de 1,2 millones de dólares con escalera triple y con vista hacia San Francisco.

Miguel toma regularmente Grey Goose vodka–Cointreau cosmos con una cascarita de limón.

A Miguel le gusta acariciar su costoso sofá de gamuza, un exclusivo modelo de diseñador de 5.340 dólares.

Miguel pocas veces se coge a su esposa salvadoreña.

Miguel a menudo juega a cumplir sus obligaciones.

Miguel trabaja para la clase obrera.

Defiende a aquellos que se han quedado sin pies por accidentes con podadoras de césped o sin otros apéndices por trabajar en las líneas de producción de las fábricas.

Miguel trabaja para los latinos.

Miguel solía pintar casas.

Miguel se metió en las leyes, de la misma manera que se coló por la escuela.

Miguel fue a Berkeley High —le fue bien.

Miguel fue después a Chico State —le fue bien.

A Miguel le fue bien en el examen LSAT —le fue bien.

Miguel fue a la escuela de leyes —no tan bien.

A Miguel le fue asignado un caso que marcaría una diferencia, un buen día.

Miguel representó a la hija de un adicto al cristal al que le pusieron una buena chinga y que luego fue asesinado por el Departamento de Policía de Los Ángeles.

La defensa de Miguel fue complicada: el Departamento de la Policía de Los Ángeles y el Equipo de Armas Especializadas y Tácticas (SWAT) se unieron. Argumentaron que no importaba de lo que estuviera cargada el arma del policía que le disparó. Que de todos modos Mateo hubiera muerto. Que él intentó sacar el arma que llevaba. La defensa declaró que esto no era verdad y para nada intentó sacar el arma y que innecesariamente se implementó fuerza y brutalidad. La autopsia reveló que los balazos con escopetas calibre 12 (y no las balas de goma que son requeridas como proyectiles) perforaron un hoyo tan grande que mató a Mateo al instante.

El hoyo: uno de los oficiales, que desistió a seguir la farsa, testificó que Mateo no intentó sacar ningún arma. Pero este oficial murió inesperadamente de un ataque cardiaco la noche antes del juicio.

No hubo ningún testigo que testificara en contra del Departamento de Policía de Los Ángeles que puso fin a la vida de Mateo.

Como buena táctica, Miguel consiguió que la hija de dieciocho años y la nieta de dos años se echaran 50.000 dólares a la bolsa, y para rematar con broche de oro, tiempo después se supo que la hija se estaba cogiendo al policía que asesinó a su papá.

WHITE PICKET FENCES

Then, one day, the paychecks stopped coming.

Eli worked at El Torito, with a sideline fixing then shipping salvaged-title cars to Guatemala for some extra cash. Marianna cleaned houses for the rich in the hills. She'd just given birth to baby Alex, newborn brother to their little Stephanie, who was about to begin fourth grade. *Cuñado* Mando lived in the 10×10 shed at the back of the property. He picked up what he could outside their local Home Depot as a twelve-an-hour laborer.

They thought they'd made it. The American Dream, that is. In the three years since they signed onto a thirty-year adjustable no-money-down 4 percent loan, not only had the proverbial white picket fence they'd bought devalued 40 percent, their loan shifted gears to 14 percent.

They had no choice. They stopped paying the bank.
No sure sense of a future.
Stephanie started beating up kids at school.
Eli slumped into alcohol and a dark malaise.
Marianna prayed at St. Michael's.

So what that the kid next door died when chewing a gum ball. The ambulance arrived an hour late.
So what that the fire department two blocks away closed.
So what that the bus service stopped altogether.
So what that *el vecino* Felix patrolled the streets with his two 150-pound Rottweilers and they chewed the face off of a teen.

So what that Tiger Woods was caught with his hand in another cookie jar.

So what that an island thousands of miles away had an earthquake that killed hundreds and unhoused millions.

So fucking what. Eli, Marianna, Stephanie, Alex, and Mando were now out of house—and shit out of luck.

CERCAS BLANCAS

Un buen día, el salario deja de llegar.

Eli trabajaba en El Torito, pero tenía un negocio al lado, debajo de la manga, arreglando y después enviando carros destartalados con título a Guatemala para poder ganar un poquito más de plata. Marianna limpiaba las casas de los ricos que vivían en las colinas. Acababa de dar a luz al pequeño Alex, el hermanito recién nacido de su pequeña hija Stephanie, que estaba a punto de comenzar el cuarto año. El cuñado, Mando, vivía en el cobertizo de 10×10 en la parte trasera de la propiedad. Recogía todo lo que se encontraba fuera del Home Depot que estaba cerca, ganando a doce la hora.

Pensaban que la habían hecho. Es decir, el Sueño Americano. En los tres años transcurridos desde que firmaron el contrato de hipoteca de treinta años con intereses ajustables, sin enganche y al cuatro por ciento, la típica casa con cercas blancas que compraron se devaluó un cuarenta por ciento y los intereses hipotecarios subieron al catorce por ciento.

No tenían opción. Dejaron de pagarle al banco.

El futuro no era prometedor. Stephanie comenzó a golpear a niños en la escuela.

Eli cayó en el alcoholismo y en una oscura depresión.

Marianna rezaba en la parroquia de San Miguel.

Y qué más da si el niño del vecino se murió masticando una bola de goma de mascar. La ambulancia llegó una hora más tarde.

Y qué más da si el departamento de bomberos que está a dos cuadras cerró.

Y qué más da si el servicio de autobuses dejó de circular.

Y qué más da si los dos perros Rottweilers de 150 libras del vecino Félix, quien vigilaba las calles con ellos, le desfiguraron la cara a un joven.

Y qué más da si a Tiger Woods lo agarraron con las manos en la masa.

Y qué más da si en una remota isla que se encuentra a miles de millas de distancia hubo un terremoto que mató a cientos de personas y dejó sin vivienda a millones.

Y qué chingados importa si... Eli, Marianna, Stephanie, Alex y Mando fueron desalojados—y se quedaron con una mano enfrente y otra mano atrás, sin suerte.

GÓMEZ . . .
ALFONSO GÓMEZ

My name is Alfonso Gómez.

I've been dying ever since I was born.

I'm thirty years old. I've been working in the mines here in San José since I was thirteen.

Mining runs in my blood. I've never thought to do anything else—if there were anything else. I'm a human mole—and for life.

I do what my dad and his dad did before me—and I'll suck up that godforsaken dust till the end. My dad lost his leg, then died of lung cancer. My grandfather, just the lung cancer. The docs called it "silicosis."

Plus the money's good. There's no other job around that pays as well. For that matter, there's no other job around.

I'm stuck in a hole with thirty-two other miners. They say it will take a couple of weeks to get us out. We know better. More like a couple of months of shitting, peeing what little bodily waste we have; months of smelling our bodies decay, with dirt walls pushing in on us.

They manage to feed a tube down to us; it's gotta be at least half a kilometer long. Through this tube they send tiny bits of food. Through this tube we talk to our families;

they've figured out a way to get a minuscule video cam-
era down the tube mornings and evenings. Through this
tube we send messages up, scrawled on paper and with
pens they've sent down to us.

The food stops.

Darkness turns to dark.

News: 33 Miners Suffocate to Death After Surviving 33
Days in the Hole.

GÓMEZ...
ALFONSO GÓMEZ

Mi nombre es Alfonso Gómez.

Desde que nací me estoy muriendo.

Tengo treinta años. He estado trabajando en las minas aquí, en San José, desde que tenía trece años. Ser minero corre por mis venas. Nunca se me ocurrió dedicarme a otra cosa—si es que había más opciones. Soy una plasta de mierda—lo he sido toda mi vida.

Hago lo que mi padre y su padre hicieron—al igual que ellos voy a respirar ese pinche polvo hasta los últimos días de mi vida. A mi papá le amputaron una pierna y murió de un cáncer pulmonar. Mi abuelo, sólo se murió del cáncer pulmonar. Los doctores lo llaman "silicosis."

Aparte, se gana bien. No hay otro trabajo disponible que pague mejor. Por eso, no hay más trabajos disponibles.

Estoy en un hoyo con treinta y dos mineros. Dicen que va tomar dos semanas para que nos puedan sacar. Son mentiras. Más bien van a ser dos meses más de tener que cagar y mear el poco desperdicio que tenemos en las tripas; más meses de tener que oler nuestro cuerpo pudriéndose, y con paredes de tierra que se nos vienen encima.

Consiguieron mandarnos un tubo de por lo menos medio kilómetro de largo. Por este tubo mandaban trocitos de comida. Por este tubo hablábamos con nuestras familias; también ingeniaron una forma de introducir una minúscula cámara de vídeo por el tubo, que bajaban en la mañana y en la tarde. Por este tubo les mandábamos mensajes allá arriba, garabatos escritos en papel con el bolígrafo que nos enviaron.

Se acabó la comida.

La oscuridad se vuelve más oscura.

Últimas noticias: 33 mineros mueren asfixiados después de sobrevivir 33 días en el agujero.

UPSIDE DOWN AND INSIDE OUT

FRIEND 1

So about fifteen years ago, he comes home early 'cause he's not feeling well. He opens the door as usual, puts his mail on the side table, briefcase at the door.

Normally the house would be silent. The wife would be at school teaching English. He hears rustling in the bedroom. He pulls the bat from behind the door, then walks toward the noise, thinking there might be an intruder. The building had several burglaries earlier that year.

His wife lies naked on their bed—sort of. She's got an industrial roll of Saran wrap pulled around her tits, tummy, and *rajada*. A guy kneels over her, masturbating a tiny pink dick.

The scene freezes.

He hasn't seen his now ex-wife for fifteen years. She stops him on his way to his car. She's living with the guy, but they need money, for themselves and the kid he fathered with one of his theater actor understudies. His on-again, off-again work along with Social Security isn't enough.

And she thought to tell him that she's got AIDS.

FRIEND 2

Alex Leyva was sixty-six and a victim of Alzheimer's disease. He'd lost his grip on reality. His brain was not able keep track of anything once a few moments had passed. He could bring forth only faraway memories from his childhood and his youth in Mexico City.

But long before this, Alex's friends had abandoned him. First, because of his impossible wife. Second, because of his spoiled-brat children. Third, because he hated to use the telephone—or to write letters, for that matter—to keep in touch.

Upon the news of the disease, his wife took it upon herself to contact all his friends. Some responded, others did not, but what is for sure is that on the day when she wheeled him to the car to take him to the nursing home, none showed up.

Alex was unable to keep track of the present on this day, yet he was still able to flip a middle finger at the world and to all those he thought to be at his side but never showed up to say good-bye.

AL DERECHO
Y AL REVÉS

AMIGO NÚMERO 1

Hace quince años, más o menos, llegó a casa temprano porque no se sentía bien. Como siempre, abre la puerta, deja la correspondencia sobre la mesita de al lado y deja el maletín en la puerta.

Normalmente la casa estaría en silencio. Su esposa estaría en la escuela enseñando inglés.

De repente, escucha voces que vienen de la habitación. Toma el bate que se encuentra detrás de la puerta y se dirige hacia el lugar de donde proviene el ruido, pensando que quizás se coló un intruso. Hubo varios robos al inicio del año en el edificio.

Su esposa se encuentra desnuda en su cama—bueno, más o menos. Tiene las chichis, el estómago y la rajada envueltos en plástico para envolver, Saran wrap. Un hombre hincado encima de ella con una diminuta verga color de rosa se masturba.

La escena queda paralizada.

Desde hace quince años no ha visto a su ex esposa. Ella corre detrás y lo detiene mientras éste se dirige a su coche. Vive acompañada del tipo ese, pero esta vez necesitan dinero, para ellos y para el hijo que él tuvo con una actriz de cine suplente. Su constante desempleo y la falta de Seguridad Social los tiene sin un peso.

Además, ella pensó revelarle que tenía SIDA.

AMIGO NÚMERO 2

Alex Leyva tenía sesenta y seis años y era una víctima del Alzheimer. Se había desconectado completamente de la realidad. Su cerebro no podía recordar absolutamente nada después de un breve rato. Sólo podía recordar memorias distantes, de su niñez y de su juventud en la Ciudad de México.

Pero antes de eso, los amigos de Alex lo habían abandonado. Primero, por la esposa insoportable que tenía. Segundo, por sus hijos malcriados. Tercero, porque odiaba utilizar el teléfono, o escribir cartas—o, mejor dicho, mantenerse en contacto.

Ante las noticias de su enfermedad, la esposa se dio a la tarea de contactar a todas sus amistades. Algunas respondieron, otras no lo hicieron, pero lo cierto es que, el día en que ella lo llevaba en una silla de ruedas hacia el carro rumbo al asilo de ancianos, nadie se presentó.

Hasta el día de hoy Alex es incapaz de percibir la realidad del presente, y sin embargo fue capaz de decir que se metieran el dedo en el culo aquellos que una vez pensó estarían a su lado, pero que nunca se presentaron para despedirse de él.

NUEVA AMERICANA

I hook in the Mission. You know, the Mission San Fran. This was never my life's ambition.

I was born in the Philippines but ended up sprouting in a one-bedroom apartment on Valencia Street. It was here that I peeled back the film covering my childhood eyes to a world that didn't seem to have room for me.

Hate to disappoint, but my childhood wasn't filled with any kind of trauma, only the usual domestic drama. I went to a regular elementary school, like all the kids I knew. My mom was a nurse and dad, a mechanic. They made enough for the six of us to live without much wants.

With few exceptions, mine was a childhood of good things—good like the smell of my mom's cooking up *pancit* and *lumpia* and San Juan Taqueria's burritos cooked up at the end of our block. Like the lilt of English, Spanish, and Bisayan sounds intermingling on the school playground. Like when my father took his magical touch to a once old and rusted bicycle that he found in a neighbor's trash can, repainting it golden orange and dragon red and refitting with wheels that whirred perfectly.

Like many first-generation Filipinos, my parents dislocated body and soul to seek a better life in the proverbial "land of milk and honey." Like many Filipino families, we encountered a not-so-open-armed U.S. mainstream. My parents certainly had their fare share of hitting those economic glass ceilings, and us kids heard our fare share of racist epithets. Sure, we had to live on food stamps for a spell. Sure, we had to make do with clothes from the local thrift store. But all this does not a prostitute make.

No, it was education—the pursuit of higher education.

I was at San Francisco State two terms and already full up with student loan debt. I'd taken out loans to pay tuition and living expenses. I heard from a friend that stripping in North Beach could bring in enough to pay for college. I heard that the lesbian-owned Lusty Lady was safe for us.

I called. I stripped. I did unmentionable things. I made money. I graduated with a BS in biology from San Francisco State.

I am a *nueva americana* of the twenty-first century.

NUEVA AMERICANA

Me prostituyo en la Misión. Ya sabes, la Misión en San Francisco. Esto nunca fue mi ambición en la vida.

Nací en las Filipinas pero terminé creciendo en un apartamento de una recámara en la calle Valencia. Fue aquí donde se me cayó la venda de los ojos que llevaba puesta desde la infancia, revelándome un mundo en el que no había lugar para mí.

Siento decirte que en mi niñez no viví ningún tipo de trauma, sólo el drama doméstico normal. Fui a una escuela primaria, como todos los niños que conocía. Mi mamá era una enfermera y mi papá, un mecánico. Ganaban lo suficiente para mantener a los seis que éramos y vivir más o menos.

Con algunas excepciones, la mía fue una niñez de cosas buenas—buenas como el aroma de la comida de mi mamá cuando preparaba *pancit* y *lumpia*, y como la taquería San Juan en la que vendían burritos y que estaba en la esquina, como el acento del inglés, el español y el cebuano que se mezclaban en el patio de la escuela, como cuando mi padre utilizó su toque mágico para arreglar una bicicleta vieja y oxidada que encontró tirada en el basurero del vecino, pintándola de un color medio anaranjado dorado y un rojo fuerte y poniéndole un par de llantas que rodaban perfectamente.

Como muchos filipinos de la primera generación, mis padres hicieron hasta lo imposible por ir en busca de una vida mejor, de "la tierra prometida" del dicho. Como muchas familias filipinas, encontramos unos Estados Unidos que no necesariamente nos recibían con los brazos abiertos. Mis padres llegaron hasta donde se les permitió llegar económicamente; y nosotros como hijos tuvimos nuestra buena dosis de epítetos racistas. Cierto es que nos mantuvimos con estampillas de comida por un buen rato. Cierto es que teníamos que medio pasarla vistiendo ropa de la segunda. Pero esto no es lo que te obliga a dedicarte a la prostitución.

No, es la educación —el querer estudiar en la universidad.

Fui al San Francisco State por dos semestres, y ya tenía un montón de deudas de estudiante. Solicité préstamos para cubrir la matrícula y poder vivir. Un amigo me contó que encuerarse en North Beach era una buena alternativa para ganar plata y pagar la universidad. Me contaron que el Lusty Lady, que pertenecía a unas lesbianas, era un lugar seguro.

Llamé. Me desnudé. Hice cosas innombrables. Gané dinero. Me gradué en San Francisco State con un título de biología.

Soy una nueva americana del siglo XXI.

HELLO . . .
KITTY ™

Outline of nipples
    Poking a white tank
    Dark skin

But you say no
    Because you want not
    The hunger to go

HELLO...
KITTY ™

El contorno de los pezones
    Sobresale a través de la camisa blanca de mangas
    Piel morena

Pero me rechazas
    Porque no se te antoja
    Saciar el hambre

EGO SUM QUI SUM

My name is Javier Jiménez Jiménez.
   I have a problem.
   I am a drug dealer.

Not your *pinche* street-corner peddler.
   No.
   I'm one of those brute, savage, violent motherfuckers. I give a shit about screwing any unwilling *ruca*; I give a fuck about putting *carnales* down like dirty mutts.
   And I'm goddamn good at it.

And no, I didn't get into this racket because I was some lost and abused kid from the barrio, led astray when joining up with a gang.

No way. My pops was one of those God-fearing, church-going motherfuckers—and same with my moms. We even did pretty well with the tienda we ran there in Brownsville.
   And I did all the right shit in school. Good grades and even the star quarterback that took us to regional victory for the first time in the school's history. I even got a free

ride to go to Texas A&M on a football scholarship. As the star, I also got away with a drunk-driving charge—and basic manslaughter 1—when I ran over the high school counselor walking to his car . . . by accident.

Naw. It wasn't any of that cornball shit you see on TV that made me who I am today.

It was the goddamn border and all that it offered on *el otro lado*. Chicks nobody cared about—no one to see if they made it home or not at night; easy access to drugs that I could bring across without anybody raising as much as an eyebrow. You name it, it could be done.
    And I did it.

I moved up fast, too. Fresh out of high school and with number smarts to boot, I tangled with a local gang, Los Chachos. Doing good by them, I was introduced to some lowlifes of the Beltrán-Leyva gang; they wanted me to help move more product into the U.S. By then I'd built up quite a rep. They'd heard that I had nine lives or something and that I could move a missile across the border and nobody would flinch. I became known for using tractor trailers to move coke—and I mean enough coke to float an island.

After nearly twenty years, I'm one of Arturo B's right-hand guys. I mostly run the soldiers like a general or some shit, Los Negros, and I do it like a fucking star quarterback; and the pussy's way better than those cheerleading gabachas.

We'd been doing fine, getting stronger—even taking over Gulf Cartel regions like Acapulco. We were making shitloads of *feria*, and Mexico was soon becoming our giant playground. We could take anything we wanted.

Till that pinche Calderón fucked it all up. With Fox and all those other smiling suits up at the top, they left us alone: cartels to the north, south, east, and west. They'd turn a blind eye and just let us be—with some skimming off the top for their bitches and Cayman numbered accounts.

Calderón, the motherfucker, decided to take sides. He clicked his heels and was with the motherfucking Gulf Cartel and its soldiers, the Zetas. He authorized all sorts of crackdowns on the others. All hell broke loose. The Zetas swooped into the border in Texas, taking it all to a new level: killing family and extorting the hell out of the tienda owners. They did numbers on just about anybody who even looked at them cross-eyed, some bloody-intestine Aztec ritual sacrifice shit.

So we amped it up on our end. After catching some news on the Arabic terrorist fucks, I decided our slaughterers would have to do something like this: slicing the head from the shoulder would be our new MO.

I don't play as much these days. Not because I'm getting old and that thing between my legs is beginning to feel like a washed-up rag. No. I'm playing it sort of safe. I can't get out. *¡Plata o plomo!* Blood in, blood out, right.

With a million-dollar bounty on my head, it's only a matter of time before someone'll pop a cap in my ass.

Till that day, fuck 'em.

EGO SUM QUI SUM

Mi nombre es Javier Jiménez Jiménez.

Tengo un problema.

Soy un traficante de drogas.

No soy ese pinche traficante que encuentras a la vuelta de la esquina.

No.

Soy uno de esos brutos salvajes, un hijo de puta violento. Me importa un comino cogerme a cualquier ruca que se hace rogar; me importa madre meterle una cagada de perro a cualquier carnal.

Y súper bueno en eso.

Y no, no me metí en esta madre porque fui un niño perdido y abusado en el barrio, ni me descarrié cuando me metí en una pandilla.

Para nada. Mi papá era una de las personas que tienen temor de Dios, uno de esos güeyes que van a la iglesia—y mi mamá era igual. Además nos iba bien en la tienda que teníamos en Brownsville. También hice la putada que se esperaba de mí en la escuela. Tenía buenas calificaciones e inclusive fui el *quarterback* que nos llevó a la victoria regional por primera vez en la historia de la escuela. También me gané un lugar en Texas A&M gracias a una beca por jugar fútbol americano. Como la estrella que era, también me libré de un cargo por manejar borracho—me volé un crimen menor—cuando atropellé al consejero de la escuela secundaria que se dirigía hacia su carro—pero sólo por accidente.

Para nada. Tampoco fue por esas mariconadas que aparecen en televisión la razón por la que me convertí en lo que hoy soy.

Fue la pinche frontera y todo lo que ofrece el otro lado. Viejas que a nadie pelaba—sin alguien que tuviera que vigilar que llegaran o dejaran de llegar a casa por la noche; había acceso fácil a las drogas y podía cruzar sin que nadie dijera ni pico. La hiciste, se podía hacerla.

Y la hice.

Pronto subí. Una vez que terminé la escuela secundaria y como además era bueno para las matemáticas, me enredé con una pandilla, Los Chachos; querían que les ayudara a transportar más producto hacia los Estados Unidos. Para entonces ya tenía cierta reputación. Se enteraron de que tenía siete vidas o algo así y de que era capaz de transportar un mísil por la frontera sin que nadie se enterara. Me di a conocer como un conductor de tráiler que transportaba coca—y me refiero a transportar suficiente coca como para poner una isla a flotar.

Poco después de veinte años, me convertí en una de las manos derechas de Arturo B. Principalmente me encargo de dirigir a los soldados como si fuera un general o alguna mierda parecida, y lo hago chingón como la estrella de quarterback que fui; y para ser sincero, es mejor que la panocha de las gabachas.

Nos había ido bien, cada vez nos hacíamos más fuertes—inclusive tomábamos los cárteles de la región del Pacífico como Acapulco. Estábamos ganando un chingo de feria y México se estaba convirtiendo en nuestro parque de diversiones. Podíamos hacer lo que quisiéramos.

Hasta que el pinche cabrón de Calderón la chingó. Con Fox y con toda la bola de riquillos de arriba, nos dejaban tranquilos: los cárteles del norte, sur, este y oeste. Se hacía la vista gorda y nos dejaban en paz—contábamos con los pesados de arriba que cuidaban a sus puntas y todas las cuentas bancarias en las Islas Caimán.

Calderón, el hijo de puta, un buen día decidió involucrarse. Declaró su territorio e hizo alianzas con el pinche cártel del Golfo y con los soldados, Los Zetas. Autorizó un montón de leyes en contra de los demás. Empezó el desmadre. Los Zetas se colaron en la frontera de Tejas, llevando las cosas a otro nivel: matando familias y extorsionando a los dueños de tiendas. Se cargaban prácticamente a todo aquel que se atreviera a mirarlos a los ojos, algo así como un ritual de intestinos en un sacrificio azteca.

Entonces, nos pusimos las pilas acá donde estábamos. Después de enterarnos de algunas noticias de los cabrones terroristas árabes, decidí que los asesinatos tendrían que ser algo así como cortar la cabeza desde los hombros y que esto fuera nuestra seña de identificación.

Ahora me dejo de juegos. No porque me esté haciendo viejo y los huevos me cuelguen como un trapo viejo. No. Me la llevo tranquila. No puedo salir. La sangre pide sangre, verdad.

Con una recompensa de un millón de dólares por mi cabeza, es sólo cuestión de tiempo antes de que alguien me traicione y me la meta por el culo.

Hasta que no llegue ese día, que chinguen a su madre.

ALL IN THE GODDAMN PINTA FAMILY

1.

Learned from my Tía Magda that before Patrick became my Irish abuelo he'd served time for child abuse. This was way back in the day. Like during World War II times when East LA was still a good, safe neighborhood. I learned that it was my Great-Tía Nora that called it in. She'd come home from the factory, and her seven-year-old little Magda wasn't in the house with Nora's younger sister, Alicia—later my abuelita. They finally checked the garage that had been turned into an efficiency rented by none other than Patrick. The noises they heard were not right. They knew Magda was behind the door. They banged hard, but he wouldn't open the door. They had to call the cops to bust down the door. They charged him with sexually abusing Magda.

Once he was out of the pen, Alicia married and had two daughters with him.

2.

I have only ever seen and heard my daughter—never touched, smelled, tasted. She was born while I was in lockup. It was one of those moments when it could have all gone another way. With no better prospects than passing my life in our beaten-up old house in our run-down barrio, I'd decided to sign up and serve. My friend Miguelito offered a lift to the Walmart, where some dudes in smart suits of blue were sitting beside a real fucking tank sitting in the parking lot. They needed more soldiers to help defend America from terrorists. An extra three grand in the pocket sounded pretty good. It would help. Marisa was pregnant.

Miguel's troubled and troublemaker of an older brother, Javier, was driving the car that day. I found out about his plan to hold up a 7-Eleven that day while sitting in the car waiting for him and his brother to return with some munchies. As it turned out, they wanted a little more, pulling some Glocks and demanding cash from the cashier. It didn't take long for the cops to appear.

I made the mistake of getting in that car. I was never able to pick up my three grand. I was never able to see some foreign land. I've never been able to touch, smell, or taste my little one.

3.

I'm the Goody-Two-Shoes in the family. Got out from the family business. Got a degree to teach high schoolers. No matter. I've spent a night in lockup. Not for drug running and money laundering, like my *hermanos*. No. It was for some crazy, stupid mistake I made. What my record says is "criminal trespassing."

I had a goddamn panic attack at the airport. I was heading to LA—Cal State Long Beach, to be exact—for a teacher training conference. One of those geared toward teachers working the inner city, like myself. I decided to splurge. Buy an airplane ticket. Avoid that six-hour-plus drive. Relax a little.

The thing of it is, it sucks to travel by plane these days. With all the pinche security in place at airports *and* all the flight delays and cancellations, it took me longer to get down there by plane than if I'd driven. So what should've been a quick hour-plus flight ended up taking most of the night. The plane didn't pull up to the gate till late—2 fucking a.m.

For a couple hours' sleep, it wasn't worth getting a hotel. And I didn't have the money to cover one. So I slept on the airport bench. Needless to say, I was beat the next day.

First thing, I caught a cab to the university, where I spent most of the day—mostly bored out of my cabeza. I didn't grumble, much. I sucked it up. I needed this certificate of completion. I needed that pay raise I'd been asking for.

A fellow teacher who lived in the area offered me a ride back to the airport that evening. I waited and waited. She never showed. Later she made up some excuse about a kid emergency or something.

Look, I don't want to beat around the bush here. As some of my colleagues would put it, when all's said and done, I got to the gate late. The thing is, the plane was still there—but no gate agent to check me in. In fact, the damn airport's so small, there was nobody around. I waved like a crazy person from the window of the airport. I was trying to catch the attention of the pilots.

They didn't see my ugly mug. I saw a door to my left with a push bar. So, on an impulse, I went through it. I had my kid on the brain. I was gonna miss the pickup from her lesbian moms. I had joint custody.

On the concrete outside the airport terminal, I waved frantically at the pilots. I didn't get any VIP treatment to board. Any dumb ass knows that ever since 9/11 you don't do anything stupid at an airport. They thought I was Osama's crazed little brother.

Fingerprinted. Photographed. Locked up. I missed my daughter's pickup.

TODO EN LA PINCHE FAMILIA PINTA

1.

Me enteré por mi tía Magda que antes de que Patrick fuera mi abuelo irlandés, había estado en la cárcel por abuso infantil. Esto sucedió hace mucho tiempo. Creo que fue en la época de la Segunda Guerra Mundial, cuando el este de Los Ángeles todavía era un barrio bueno, un vecindario seguro. Me enteré de que fue mi tía abuela Nora quien lo denunció. Había regresado a casa de la fábrica y su pequeña Magda de siete años no estaba en la casa con Alicia, la hermana menor de Nora—que ahora es mi abuelita. Finalmente revisaron la cochera, que habían convertido en un sitio habitable y que fue rentado ni más ni menos que por Patrick. Los ruidos que escucharon no eran normales. Sabían que Magda estaba detrás de la puerta. La golpearon fuerte, pero él no abrió la puerta. Tuvieron que hablarle a la policía para que derribaran la puerta. Patrick enfrentó cargos por abusar sexualmente de Magda.

Una vez que salió de la cárcel, Alicia se casó y tuvo dos hijas con él.

2.

Sólo he visto y escuchado a mi hija—nunca he podido tocarla, olerla, probarla. Nació mientras me tenían encerrado. Fue uno de esos momentos en los que todo podría haber sido diferente. Sin más suerte que haber pasado mi vida en nuestra casa deteriorada y en nuestro barrio en decadencia, decidí firmar y servir. Mi amigo Miguelito me ofreció un aventón al Walmart, donde se encontraban unos tipos con trajes azules sentados en el estacionamiento bien apatronados. Necesitaban más soldados para que ayudaran con la defensa de los Estados Unidos contra los terroristas. Tres mil dólares extras en el bolsillo serían maravillosos. Me servirían muchísimo. Marisa estaba embarazada.

Javier, el hermano mayor de Miguel, que siempre se metía en líos y causaba líos, manejaba el carro ese día. Ese día me enteré que su plan era asaltar un 7-Eleven mientras yo esperaba dentro del carro a que él y su hermano regresaran con golosinas. Al parecer, querían un poco más, a sacar unas pistolas y exigir al cajero que les entregara la plata. No tomó mucho para que llegara la policía.

Cometí el error de meterme en el carro. No pude ganarme los tres mil dólares. Nunca pude ver ninguna tierra extranjera. No he podido tocar, oler o probar a mi chiquitina.

3.

Yo era el bueno de la familia. Me salí del negocio familiar. Saqué un título para enseñar en la secundaria. No importa. Pasé una noche en prisión. No por traficar con drogas o lavar dinero, como mis hermanos. No. Fue por un error estúpido que cometí. Lo que quedó sentado en mi récord criminal fue una violación por traspasar.

Me dio un pinche ataque de pánico en el aeropuerto. Me dirigía a Los Ángeles—en el estado de California, a Long Beach, para ser exactos—porque iba a una conferencia para un entrenamiento de profesores. Una de esas conferencias orientadas hacia profesores que, como yo, trabajaban en el interior de la ciudad. Decidí despilfarrar. Compré un boleto de avión. Quise evitar esas seis horas en la carretera. Quería relajarme un poco.

La cosa es que es una putada viajar en avión hoy en día. Con toda la pinche seguridad en los aeropuertos y el retraso de los vuelos y las cancelaciones, tardé más en volar que si hubiera manejado. Lo que debió ser una hora y media de vuelo terminó durando toda la noche. El avión no llegó a la terminal hasta las putas dos de la mañana.

Por dormir un par de horas, no valía la pena alquilar una habitación en un hotel. Y aparte no tenía plata para hacerlo. Así que me dormí en la banca del aeropuerto. No hace falta decirlo, estaba muerto de cansancio el siguiente día.

Lo primero que hice fue tomar un taxi hacia la universidad donde iba a pasar la mayor parte del día—aburridísimo. Pero no me quejé, tanto. Me aguanté. Necesitaba completar esta certificación. Necesitaba el aumento de sueldo que había pedido.

Una profesora que vivía en el área me ofreció llevarme al aeropuerto esa tarde. Esperé y esperé. Nunca apareció. Después, se inventó una excusa sobre una emergencia con uno de sus hijos o algo así.

Mira, no quiero irme por las ramas. Como alguno de mis colegas diría, al final, llegué tarde a la terminal. Pero lo que pasó es que el avión aún no había despegado— pero no había nadie para registrarme. De hecho, el pinche aeropuerto es tan pequeño que no había ningún alma. Hice señas como un loco a través de la ventana del aeropuerto. Quería llamar la atención de los pilotos.

No me vieron la pinche cara. Entonces, en un impulso, vi una puerta que estaba a la izquierda. Me metí. Pensaba en mi hija. No iba a poder pasar a recogerla a casa de sus mamás lesbianas. Compartía custodia.

Desde la autopista de cemento que estaba fuera de la terminal del aeropuerto, les hice señas como un loco a los pilotos. No me dieron un trato VIP al abordar. Hasta el más pendejo sabe que después del 9/11 no puedes hacer ninguna pendejada en los aeropuertos. Pensaron que era el hermano menor y enloquecido de Osama.

Me tomaron huellas. Me fotografiaron. Me encerraron. No pude pasar a recoger a mi hija.

CELL 113

Cuffs come off then told to go sit by the TV area ███████
told to keep my head low and don't look or talk to any-
one some bad motherfuckers in here, they say ███████
never show weakness or they'll fucking kill you just like
you see on TV so I find a couple of plastic chairs, pull
them together to make a bench to lie my head on till I
hear my name ███████ I snap to while the officer leads
me to the wall where they take photos of us all ███████ I
think to coif my hair but don't want the cop to think I'm
making light of the conviction in sight ███████ the cam-
era eye clicks left then right then straight ahead ███████
fingers pressed on a glass scanning screen ███████ you're
booked, he tells me, never looking up from his paper pile
███████ you're going in cell 113 for the night as the judge
won't be in to hear your case till nine ███████ it's Easter
weekend, so the judge might not show till Monday morn
no matter ███████ I'm shown to my quarters for the night,
a plastic bed the size of the one in my daughter's room
███████ silver chromed toilet shaped like one in her doll-
house off to the side ███████ I enter an in-between sleep
and awake state, trying to count sheep to kick out of my
brain the stupidity of earlier in the day, to push out of
my brain my daring life, to lose my little girl and all her
smiles ███████ midnight a nurse disturbs my hazed awake
sleep, asking me questions ███████ do I have thoughts of
suicide ███████ I return to 113 ready for more sheep but
before cheek and plastic meet I stuff rolls of toilet paper

up and down my pants to slow that frigid cold as it seeps through the cotton-nylon threads █████ early morning, I guess it to be, as there are no clocks in sight to read, they push a fellow into 114, he kicks, screams, and threatens to rape their daughters █████ thud-thud they shut him up █████ knock-knock to the skull, line up the judge is in, they tell us in chain-gang file █████ we march through rat-mazed halls chained waist to hands █████ some confusion over order follows █████ I finally get my chance "this is an unusual case" says the judge then pronounces me free to go till a month and three days when I'm to return to hear the fate of my dumb-ass mistake.

CELDA 113

Me retiran las esposas y luego me dicen que me vaya a sentar al área de televisión █████ después me ordenan que baje la cabeza y que no hable con ninguno de los cabrones hijos de puta que están encerrados aquí ██████ también me dicen que nunca muestre debilidad, o de lo contrario me van a matar como en la televisión, así que veo un par de sillas de plástico, las junto para hacer una banca y recuesto la cabeza hasta que escucho mi nombre ██████ me doy el parón mientras el oficial me lleva a la pared donde nos toman la fotografía ██████ lo único que se me ocurre es peinarme con los dedos, pero no quiero que el oficial piense que me quiero lucir frente a la cámara, cuyo lente se mueve de derecha a izquierda ██████ seguimos recto hasta que me aprieta los dedos contra una cámara de cristal que escanea ██████ ya estás en el sistema, me dice sin desprender la vista del altero de papeles ██████ esta noche vas a la celda 113, ya que el juez no está aquí para escuchar tu caso y no llega hasta las nueve ██████ además es Semana Santa, así que el juez quizás no se presente este lunes por la mañana ██████ me llevan a la celda en la que pasaré la noche, recostado en una cama de plástico del mismo tamaño de la que está en el cuarto de mi hija ██████ al lado hay también un excusado de cromo que se parece al de la casita de muñecas ██████ entro ██████ a mitad de la noche me despierto y comienzo a contar ovejas para quitarme de la cabeza la estupidez que hice y que me invadirá hasta la madrugada ██████ cuento ovejas para evadirme de mi vida y del hecho de perder a mi pequeñita y todas sus sonrisas ██████ a media noche una enfermera interrumpe mi desvelo, me hace preguntas como quien interroga a alguien que intenta suicidarse ██████ regreso a la celda 113 listo para contar más ovejas, pero antes de recostarme en el plástico, me introduzco bultos de papel de baño en los pantalones para aguantar el frío de la madrugada que se cuela por los hilos de algodón y nailon ██████ creo que amanece, aunque no estoy muy seguro porque no hay relojes para ver la hora ██████ veo que empujan a un tipo que tira patadas, grita y amenaza con violar a las hijas de quienes lo encierran ██████ toc-toc nos llevan en fila hacia donde está el juez, marchando encadenados a través de pasillos que parecen un laberinto de ratas ██████ vamos encadenados con las manos en la cintura ██████ creo que confundo un poco el orden en que acontecen los hechos, qué importa ██████ finalmente llega mi turno ██████ "este es un caso inusual" dice el juez pronunciándome libre por un mes y tres días hasta que me toque regresar para escuchar lo que me depara el destino por la estupidez que hice.

THE FATHER...
IN THREE PARTS

Emotion: He has an overactive evaluation and appraisal that leads to avoidance of social settings and that leads to aggressive reactions to brothers, sisters, and offspring. This is directly tied to previous experiences and conditioning, behavioral reinforcement, and chemical imbalances in the brain caused by depression. Emotional expressions are limited to avoidance behavior and aggression. Emotional experiences result from such behavior and lead to subjective feelings of self-doubt and self-directed anger. Functioning with an unbalanced neurobiological system, he is unable to prevent negative emotions from becoming persistent, excessive, and inappropriate.

Fear: His brain under a neuroimaging scan shows an overactive amygdala—the part of the brain involved in the recall of emotional or arousing memories. His brain shows unusual bursts of electroencephalographic activity in the amygdala (especially areas that register fear or anxiety) during recollection of his children's births, his marriage, divorce—and the death of his father.

Panic: His brain's baseline state is characterized by excessive levels of chronic anxiety. He has abnormal glucose metabolic activity in the vicinity of the hippocampus and parahippocampal gyrus. His brain suffers from years of repeated exposure to aversive stimuli and thus has an increased behavioral sensitivity to stressors today.

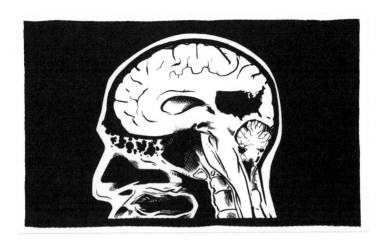

EL PADRE... EN TRES PARTES

Emoción: Manifiesta un juicio desmedido que le lleva a evitar ambientes sociales y le hace reaccionar violentamente con sus hermanos, hermanas e hijos. Esto está directamente relacionado con experiencias previas que le condicionaron; se trata de un comportamiento que sencillamente reafirma su falta de emoción y también desbalances químicos en el cerebro causados por la depresión. Sus expresiones emocionales se limitan a un comportamiento evasivo y a la agresión. Sus experiencias emocionales son el resultado de dicho comportamiento mismo que le conducen a manifestar sentimientos subjetivos de duda y enojo hacia sí mismo. Opera con un sistema neurobiológico desbalanceado que le provoca manifestar emociones negativas, excesivas e inapropiadas.

Miedo: Su cerebro fue sometido a un neuroescaneo, y éste reveló la presencia de una amígdala hiperactiva—la parte del cerebro que se encarga de percibir emociones y detonar el recuerdo y la memoria. Su cerebro manifiesta explosiones de actividad electroencefalográfica en la amígdala (particularmente en las áreas que perciben miedo y ansiedad) durante la remembranza de eventos cargados de emoción, tales como los cumpleaños de sus hijos, su matrimonio, su divorcio—y la muerte de su padre.

Pánico: El punto referencial de su cerebro se caracteriza por niveles excesivos de ansiedad crónica. Padece de una actividad metabólica anormal de la glucosa cerca de la circunvolución del hipocampo. Su cerebro fue expuesto a muchos años de estímulo aversivo y, por lo tanto, el día de hoy manifiesta un comportamiento hipersensible ante factores de estrés.

SPINOZA ON THE MATTER

I fell deep into that proverbial hole, and I am not out yet. I woke up weak because my sleep and my blood sugar levels were out of control.

My life is a ruin.

All that was left of that were ruins, ruins savagely spread over a key period of my life. I could not even resort to memory for solace, the way old people do, because my own past appeared to me in a painful fog.

I've suffered from undiagnosed depression, sleep apnea, and the still longer undiagnosed diabetes.

I more or less buried the fact that I was a deeply unhappy person, that I loathed myself for much of what I had done as well as for all that I had not accomplished. The ruins I left behind in Texas were my yesterday and today's ruins.

Fortunately for the (partial) sanity of my mind, my two constants (as they say in logic) were always there from the beginning and still are: my two children and their deep and unconditional love; and my extensive, insatiable reading of books.

My brain is going to pieces quite rapidly. I spend more and more of my day in a state of somnambulism.

My brain and my whole body — my me, my I, my ego, my indivisible individuality, my person — are old, older than my sixty-six years of age.

With Spinoza, I say that facts are facts and that our best way of dealing with facts is not to cry or to laugh, but to try to understand them.

I would write a little more, but I am feeling tired now.

SPINOZA SOBRE EL ASUNTO

Me metí en un hoyo de proverbios y no he podido salir. Me desperté sintiéndome débil porque el sueño y mis niveles de azúcar estaban fuera de control.

Mi vida está en ruinas.

Todo lo que queda son ruinas, ruinas que salvajemente se expanden sobre un periodo que es clave en mi vida. Ni siquiera puedo recordar para encontrar consuelo, de la manera en que los viejos lo hacen, porque mi propio pasado aparece enfrente de mí como una dolorosa neblina.

Sufro de una depresión que no ha sido diagnosticada, apnea del sueño y una diabetes que no me han diagnosticado y que padezco desde hace mucho tiempo antes que estos males.

Más o menos he logrado enterrar el hecho de que soy una persona infeliz. Siento odio por mí mismo, por todo lo que he hecho y por todo lo que no he logrado. Las ruinas que dejé atrás en Tejas son las ruinas de mi pasado y, hoy, de mi presente.

Afortunadamente para la (poca) cordura que me queda, las dos constantes (como se dice en la lógica) que siempre estuvieron ahí desde el principio y que todavía están ahí son: mis dos hijos y su profundo amor incondicional; y mi larga e insaciable lectura de libros.

Mi memoria se fragmenta rápidamente. Paso la mayor parte del día en estado sonámbulo.

Mi memoria y mi cuerpo entero—el yo, mi yo, mi ego, mi individualidad indivisible, mi persona—son viejos, más viejos que los sesenta y seis años que llevo encima.

Como Spinoza, digo que los hechos son los hechos y que la mejor forma de lidiar con los hechos no es llorar o reír, sino tratar de entenderlos.

Escribiría un poco más, pero me siento fatigado.

NO HAIR, NO FUN

I sit on the toilet and catch a glimpse of the top of my head.
Is it a glimmer thrown by the light above?
Is it the brown turning blonde turning gray?
It's my scalp.

My hair is thinning.
Signs of time on this planet showing.
And there is nothing I can do about it.

Do I want to do anything?
Of course.
And for no other reason than vanity.

SIN PELO NO HAY GLORIA

Me siento en el excusado y en un abrir y cerrar de ojos
puedo verme el casco del cráneo.
¿Será la claridad de la luz que viene de arriba?
¿Es acaso el castaño que se aclara y se vuelve canas?
Es la calvicie.

Se me está cayendo el pelo.
Evidencia de mi paso por la tierra.
Y no hay nada que pueda hacer.
¿Se me antoja hacer algo?
Absolutamente.

Simple y sencillamente por vanidad.

THOSE 45s

I've lived all my life blissed out.

 Fevers, tummy aches, muscle pains, you-name-its would come and go.

 Not a care in the world.

Now.

 I hear news of friends sick.

 Some are old. Some are young.

 They never recover.

 Pancreatic cancer for Carlos.

 He just flipped over his 45s.

Skin hangs loose from bones.

 Wrinkles here, there, and everywhere.

 Red dots and black splotches dirty the olive brown.

 Fatty cheeks sink.

 Body fevers.

 Gas putrid with stink.

Just like those 45s, I too have an expiration date.

LOS DISCOS DE 45 RPM

He vivido toda mi vida en la alegría.

Fiebres, dolores de barriga, dolores musculares, todo lo que se te ocurra venía y se iba.

Sin ninguna preocupación en el mundo.

Ahora.

Me entero de las enfermedades de los amigos.

Algunos son viejos.

Algunos, jóvenes.

Jamás se recuperan.

Cáncer del páncreas para Carlos.

Colgó los tenis.

La piel cuelga de los huesos.

Arrugas, aquí arrugas, allá arrugas y más allá.

Puntos rojos y capilares negras manchan la piel almendra.

Las mejillas desaparecen.
Fiebres del cuerpo.
Pedos pestilentes y putrefactos.

Tal y como los discos de 45 RPM, yo también tengo fecha de caducidad.

A MOUTH TO FEED

She grew up in the shadow of Guatemala City. In Agua Caliente—a name she never understood because nobody ever talked about having hot water.

There wasn't much left at home, only her mama alive; after her father died of TB, they lost their small farm on the outskirts of town. The mama moved her and her brother to the outskirts of the big city. The mama worked as a maid. In the afternoons after school, she would help her mom finish her work so they could piece together enough for food later that day.

She was always good at school, especially with the adding and subtracting. So when she turned fourteen she began working for a nice fellow at his bakery, filling orders for flour, oil, salt, butter, sugar, and the like as well as doing what little accounts he had.

They lived modestly, but they lived. No one complained about the one-bedroom cinder-block house they mortared together at the outskirts of town. No one complained that they didn't have water—much less hot water.

Soon there would be an extra mouth to feed, however. She and this nice fellow . . . well, you know what can and did happen.

She wasn't one of those romantics, like some of her friends; she never imagined being swept off her feet and rescued from her life.

No. This wasn't how she got big in the belly. She loved to touch and explore her body—a body that not only changed with blood every month but that gave her pleasure.

She wanted to be touched, too. She wasn't shy about it. She liked the baker for no other reason than his big brown hands. They knew just how to knead the dough. It was with his hands that she made love, gently gliding up and down, circling, opening, then moving in and out. She never imagined this tingle at the surface of her skin would stop the blood from flowing.

The baker ignored her.

The mother abhorred her.

She knew no other place to go with her little bulge than to *el norte*.

Screams. Tattooed bodies. Flashlights swinging. Guns waving. Gnashing teeth flickering. Yanked from her blanket; hands grabbed at her body. A cold metal pain thrust into her neck, hands ripping shirts, pants . . . panties.

Pain, a ripping pain between her legs. Silent tears.

My child.

As if scorched by an iron in her belly, she turned back from the river. No reason to travel north. No extra mouth to feed.

UNA BOCA QUE ALIMENTAR

Ella había crecido en las sombras de la Ciudad de Guatemala. En Agua Caliente—un nombre que nunca había entendido porque nadie presumía por tener agua caliente.

No quedaba mucho en casa, sólo le sobrevivía su madre; cuando murió su padre de tuberculosis, perdieron sus tierras en las afueras de la ciudad. Su madre los había llevado a ella y a su hermano a las afueras de la gran ciudad. La mamá trabajaba como sirvienta doméstica. Todas las tardes después de la escuela, ayudaba a su madre en el trabajo para que pudieran tener suficiente al terminar el día.

Ella era buena estudiante en la escuela, especialmente en las operaciones de sumas y restas. Así que, al cumplir los catorce, comenzó a trabajar para un buen señor en su panadería haciendo las órdenes de harina, aceite, sal, mantequilla y azúcar y llevando las pequeñas cuentas que podía hacer.

Vivían modestamente, pero vivían. Nadie se quejaba de la casa de ladrillo con sólo una recámara que habían levantado juntos en las afueras de la ciudad. Nadie se quejaba de que no contaban con agua—mucho menos con agua caliente.

Pronto llegaría otra boca que mantener. Ella y el buen tipo... bueno, te imaginarás lo que pudo haber pasado o lo que pasó.

Ella no era de ser romántica, como lo eran algunas de sus amigas; jamás imaginó enamorarse y ser rescatada de su vida.

No. Esta no fue la causa de su abultado vientre. Le gustaba tocarse y explorar su cuerpo—un cuerpo que no sólo cambiaba de sangre cada mes, sino que le daba placer.

Quería que la tocaran y acariciaran también. Tampoco era tímida en eso. Quería al panadero no por otra razón sino por las enormes manos morenas. Sabían cómo amasar la masa. Era con sus manos con lo que hacía el amor, suavemente deslizándose arriba y abajo, en círculos, abriéndose, luego moviéndose dentro y fuera. Jamás imaginó que aquella sensación eléctrica en la superficie de su piel detendría la circulación de la sangre.

El panadero la ignoraba.

La madre la aborrecía.

No sabía a dónde ir con el bulto más que al norte.

Gritos. Cuerpos tatuados. Linternas en movimiento. Pistolas al aire. Rechinar de dientes. De un tirón le quitaron la cobija, unas manos tomaron su cuerpo. Un fuerte escalofrío invadió su cuello, unas manos desgarrando su camisa, pantalones... calzones.

Dolor, un dolor desgarrador entre sus piernas. Lágrimas en silencio.

Mi hijo.

Con su vientre riera en llamas, dio vuelta y se alejó del río. No había ninguna razón para viajar al norte. Al fin y al cabo no había otra boca más que alimentar.

RICKY & CO.

You are the last of the hippies, brother. Didn't you know, they all cut their hair and now run city hall, Alfonso told Ricardo.

Known as Ricky to his friends, he liked his hair long in a ponytail but never thought of himself as a hippie. He'd always played by the rules—and this no matter what his life threw his way.

He worked as a crane operator for much of his life: first at a stone quarry, then on building bridges. But this was not what Ricky imagined doing with his life.

Ricky'd migrated to the U.S. with dreams of farming. Even had a farm, a wife, and three kids. He voted conservative, till Bush Jr. came into power. The prez and his boys threw cash at fat-cat friends like Tyson & Co. in the agribusiness—all while pulling plugs on small-time farmers like Ricky.

He didn't last long in the farming business. The bank scooped up his fields—and just before harvest. His wife and kids scooped up a "more reliable father" hubby in the town next door.

Always with a knack more for operating and repairing machines than for farming, Ricky trained as a crane operator. He paid his dues and was a union man, eventually lassoing one of those semi-long-term jobs building the new Bay Bridge.

It's with Alfonso that he shares the night shift on the section of the bridge nearest Treasure Island. Alfonso is a rent-a-cop. GC Construction pays him fourteen bucks an hour to pack a gun and keep an eye on things at night. He used to work full-time for the city's police department, but with the layoffs he's had to pick up this other paycheck working nights.

Both Ricky and Alfonso talk of better days. When those "damn hippie socialists" get bumped and priorities get set straight.

RICKY & CO.

Hermano, eres el último de los hippies. No lo sabías, todos se cortaron el pelo y ahora manejan las alcaldías, le dijo Alfonso a Ricardo.

Conocido entre sus amigos como Ricky, le gustaba llevar el pelo largo recogido en una cola de caballo, pero nunca se había visto a sí mismo como un hippie. Siempre había seguido las reglas—esto sin importar lo que la vida le pusiera enfrente.

Trabajó manejando una grúa la mayor parte de su vida: primero en una cantera y después construyendo puentes. Pero esto no era lo que Ricky quería hacer con su vida.

Ricky había emigrado a los Estados Unidos con esperanzas de sembrar la tierra. Hasta era dueño de una granja; tenía una esposa y tres hijos. Su voto era conservador hasta que Bush Jr. llegó al poder. El jefe y sus cuates donaban dinero a puercos gordos como Tyson & Co. en los negocios agrícolas—mientras daban en la torre a pequeños agricultores como Ricky.

No duró mucho en el negocio de la agricultura. El banco le quitó sus tierras—y justo antes de la cosecha. Su esposa y sus hijos habían encontrado un mejor padre en el pueblo vecino.

Contando siempre con un don para operar y reparar maquinaria más que para sembrar la tierra, Ricky se había formado como operador de grúas. Pagó sus deudas y se afilió a la unión, eventualmente consiguiendo de esos puestos duraderos construyendo el nuevo Bay Bridge.

Es Alfonso con quien comparte el turno de la noche en la sección del puente cerca de Treasure Island. Alfonso es un policía de renta. La Construcción CG le paga a catorce dólares la hora por llevar una pistola y vigilar la noche. Solía trabajar a tiempo completo para el departamento de policía de la ciudad, pero con los despidos se vio en la necesidad de tomar este otro trabajo por la noche.

Tanto Ricky como Alfonso recordaban los buenos tiempos. Cuando aquellos "pinches hippies socialistas" recibían su merecido y las prioridades se respetaban.

SHE LOVED HER MALANDRINO

Kimberly liked things, especially of the shiny and furry variety. In a magazine she'd spotted a black velvet chinchilla jacket with kimono sleeves. They called it a Malandrino. She imagines herself to be old and the owner of such things.

But Kimberly never made it through high school.

She lived in the suburbs. It was supposed to be safe.

When she was walking home from school, three young ruffians—brothers Miguel, Alfonso, and Memo— cut her off and corraled her with their BMX bikes.

Memo, the oldest and most lothario of the three, used sweet words to guide her.

Miguel and Alfonso used their front wheels to touch her shins.

It all changed in that field of furry things.

Kimberly would never be the same after what happened among the pussy willows as the boys came.

ELLA AMABA SU MALANDRINO

A Kimberly le gustaban las cosas, especialmente las cosas brillosas y aterciopeladas. En una revista había visto una chaqueta negra de chinchilla aterciopelada con mangas de kimono. La llamaban Malandrino. Se imaginaba a sí mismo siendo vieja y siendo dueña de cosas como esa.

Pero Kimberly nunca había terminado la preparatoria.

Ella vivía en los suburbios. Al parecer eran seguros.

Caminando de regreso a casa, tres rufianes jóvenes— los hermanos Miguel, Alfonso y Memo—la detuvieron y la acorralaron con sus bicicletas BMX.

Memo, el mayor y el más don Juan de los tres, utilizó palabras tiernas para guiarla. Miguel y Alfonso utilizaron las llantas de la parte de enfrente para tocar sus canillas.

Todo cambió en cuanto a las cosas aterciopeladas.

Kimberly jamás sería la misma después de lo que pasó entre los sauces cuando llegaron los jóvenes.

SEÑOR XBOX

Tattooed up and down arms with all variety of hiero-glyphic symbols against his brown skin, Jaime is out of work . . . but not out of luck.

Jaime, or Jimmy, as he's known, makes do. He lives with his eight-months-pregnant girlfriend and her father in an apartment built for two.

Jimmy and his uncle collect bric-a-brac of all sorts: used portable washing machines, electric- and gas-powered tools, rice cookers, drum sets, electric guitars, flat-screen TVs, and a whole big pile of dead PS3s and Xboxes. This is the land where they go, not to retire, but to be brought back to life at the hand of Jimmy.

Jimmy lost his job as a mortgage broker in the big dollar dive of 2008. He's honed his mad skills as a computer pro-grammer, hacker, and hardware fixer. In this gray market world, Jimmy brings in more now than ever before: $150 a pop for the basic model and $300 if you want burned copies of games galore.

Jimmy shares his bedroom with specialized tools and his pregnant girlfriend, Aoimi.

Jimmy, the Xbox man, the resuscitator of Xbox life, is about to bring into the world another life.

SEÑOR XBOX

Teniendo los brazos completamente cubiertos con tatuajes y con toda variedad de símbolos jeroglíficos que contrastan sobre su piel morena, Jaime está desempleado… pero no por eso deja de tener buena suerte.

Jaime, o Jimmy, como es conocido, hace milagros. Vive con su novia embarazada de ocho meses y con el padre de ella en un apartamento para dos.

Jimmy y su tío recogen chucherías de todo tipo: lavadoras portátiles usadas, herramientas eléctricas y de gas, ollas para cocinar arroz, sets de baterías, guitarras eléctricas, televisiones de pantalla plana y una torre de PS3es y Xboxes inservibles. Este es el sitio en el que estos objetos no buscan la jubilación, sino ser revividos por las manos de Jimmy.

Jimmy se quedó sin trabajar como agente de bienes raíces con la crisis del 2008. Ha refinado su loco talento como programador de computadoras, hacker, pirata y utilizador de herramientas especializadas. En esta economía inestable, Jimmy gana más ahora que antes: $150 cada modelo básico y $300 si quieres copias de un amplio repertorio de juegos.

Jimmy comparte su habitación con herramientas especializadas y su novia embarazada, Aoimi.

Jimmy, el hombre Xbox, el resucitador de Xboxes, está a punto de traer otra vida al mundo.

UN DÍA

You might wonder what happened. That maybe there really is an edge to the planet and I fell off. If you'll just hear me out.

I rolled out of bed one morning and the world appeared different. It was as if someone'd altered its colors and readjusted its sounds. I felt like someone had changed the channel on me. Everything looked, tasted, and sounded monochromatic, bland, and muted.

I wandered zombie-like through the day, imprisoned in my mind. I knew that there were things that needed doing: lawyers to call and doctors' appointments to make, house repairs to set up. But they all felt like distant objects bubbling up and down in a murky-water-filled aquarium. I couldn't quite grasp them.

Days, then weeks, then months passed like this. My soundproof prison increasingly muting all those people mouthing phrases like "You need to eat." "You need to see a shrink." "You need to exercise."

I began to feel myself diminished to a speck of light we used to see when those old cathode-ray TVs would turn on—or off. And no matter how far back into my life I look, I can't find an explanation.

Burnt out.

One day they'll invent that remote that will turn mono-
chrome back to Technicolor and mute back to sound.
When I might swim once again.

Until then, I wander the world in muffled solitude.

UN DÍA

Quizás te preguntarás qué pasó. A lo mejor existe un
punto en el que culmina el mundo y yo me caigo de ahí.
Si sólo pudieras escucharme.

Una mañana me di vuelta y me caí de la cama y el
mundo me pareció diferente. Fue como si alguien hubiera alterado los colores y reajustado los sonidos. Sentí

como si alguien me hubiera cambiado el canal. Todo se veía, sabía y se escuchaba monocromático, sin sabor, sin sonido.

Pasé el día como un zombi, como un prisionero de mis pensamientos. Sabía que tenía obligaciones: llamadas que hacer a licenciados y cita que planear con el doctor, reparaciones que debía hacer en la casa. Pero todo parecía como si fueran objetos distantes que burbujeaban en un acuario con agua turbia. No podía entenderlo.

Pasaron días, luego semanas y meses de esta manera. Mi prisión a prueba de sonido iba dejando cada vez más mudas las frases de la gente tales como: "Necesitas comer." "Necesitas ir al psiquiatra." "Necesitas hacer ejercicio."

Comencé a sentirme insignificante, como una lucecita cuando se encienden las televisiones viejas—o cuando se apagan. No importa que intente recordar mi vida, no encuentro una explicación.

Estoy cansado.

Algún día podrán inventar un control remoto que cambie lo monocromático a tecnicolor y lo mudo en sonoro. Algún día podré nadar otra vez.

Hasta entonces, deambulo por el mundo como una soledad que grita sin ser escuchada.

LIFER

It's all taken away.

In solitary isolated not only from humans but also from nature: birds, trees, et cetera—the sound of children's voices that reminds you of something vital and unusually happy in the environment; their laughter transforms nothingness into a place of happiness, and their joy becomes contagious and energizes you as a bystander.

Imagine a life where you are deprived of all this—deprived of sound and touch that is not hostile. I die from the cold snap of the cuffs, the chill of steel bars, and silence of cinder block walls.

A PERPETUIDAD

Se han llevado todo.

Te encuentras en completa soledad, no sólo aislado de los humanos sino también de la naturaleza: aves, árboles, etcétera—el sonido de la voz de los niños que nos hace recordar algo vital e inusualmente feliz en el ambiente; la risa de los niños en el parque que convierte la nada en un sitio de felicidad, y sus gritos de alegría que se vuelven contagiosos y revigorizantes.

Imagina una vida sin sonidos ni contactos físicos hostiles. Muero del gélido chasquido de las esposas, de las frías barras de acero y del silencio de los muros de hormigón.

FIVE THINGS S/HE
CAN'T LIVE WITHOUT

Proverbial Rugrats: those goddamn long super-koala-bear hugs they give even when you've only been out to the shops to get milk.

Well-groomed bodies: toned arms, legs, abs—and shaved genitals, which all express the purpose of being sexy for me.

Dogs: no matter what, they always love you like no tomorrow.

Library: gotta know . . . and to know gotta have them *libros, libros, libros*.

Writing instruments: computer, preferable.

My panocha—and that means "vagina": if you'll permit me to add this sixth.

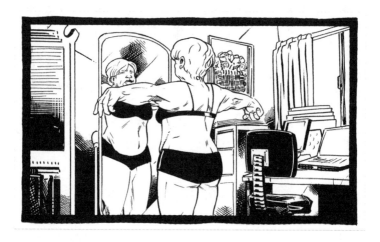

CINCO COSAS SIN LAS QUE ÉL/ELLA NO PUEDE VIVIR

Típicos escuincles: esos malditos abrazos prolongados como de oso súper koala que te dan incluso cuando solo fuiste por leche al supermercado.

Cuerpos bien arreglados: brazos, piernas, abdominales firmes—y genitales depilados, que en conjunto expresan la voluntad de ser sexy para mí.

Perros: pase lo que pase, te amarán perdidamente por siempre.

Bibliotecas: hay que saber... y para saber hay que tener libros, libros, muchos libros.

Instrumentos para escritura: las computadoras, de preferencia.

Mi panocha—y eso significa una vagina: si me permites añadir esta sexta cosa.

ENDS

NOTES TO A FATHER...
I ONCE THOUGHT I HAD

I've lived thirty of my forty-two years mostly without you. Those twelve years that I had I am grateful for. As you've made clear, I will live the rest of my life without you, your support (intellectual, emotional, financial), just as I did my first thirty years. I will live these next years as I have always—loving you unconditionally and without you.

I now know that even these past years were not, however, spent father with son, mentor with apprentice in the way I had always longed for as a kid then young adult. I now know that you had strings attached. You didn't actually enjoy this time, helping me grow and learn in ways that I had always hoped for as a boy, then teen, then young man.

You expected something other than my love and devotion. You expected monetary compensation. I had no idea. I would have gladly paid to have you at least pretend to be the father I never had—had I known.

I was more fortunate. I could love you—and yearn for you to love me back—without the need to ask for money. I was loyal, loving, and hungry for your affection and attention. I wanted to please you the few times when I was with you because it filled me with warmth and pleasure. I would justify away all those times you said we would be together but never were.

I wished only that you would turn your affection my way every once in awhile. Like drinking drops of water in the desert, I learned to nourish myself from the few signs of affection you did show—those sprinkles of praise for decisions made and the difficult work of making the life I have today.

You told me the story of your father. How he would humiliate and insult and hurt you. How you finally said enough is enough.

Father: You fill me with a terrible hurt. You make me feel less than adequate. You turn my affection for you into bitterness.

I love you and am done with you.

The son you once had.

CARTAS AL PADRE... QUE UNA VEZ CREÍ TENER

He vivido treinta de los cuarenta y dos años sin tu presencia. Estoy agradecido por los doce años que tuve a tu lado. Como bien dijiste, viviré el resto de mi vida sin ti, sin tu apoyo (intelectual, emocional, financiero) tal y como he vivido estos últimos treinta años. Sé también que viviré los próximos años de la misma manera—amándote incondicionalmente pero sin tu presencia.

Ahora entiendo que inclusive estos últimos años no fueron, por así decirlo, años de convivencia entre padre e hijo, entre mentor y aprendiz de la manera en la que siempre soñé cuando era niño y cuando era un joven. Hoy sé que pretendías algo. Me parece que para ti no era placentero pasar tiempo conmigo, ayudarme a crecer y aprender de tantas maneras como las que siempre había soñado cuando era niño y cuando era un joven.

Esperabas de mi algo más que amor y devoción. Esperabas compensación monetaria. Yo no tenía ni la más remota idea. Créeme que con gusto hubiera pagado lo que fuera por haber tenido al padre que nunca tuve—si tan sólo lo hubiera sabido.

Corrí con mejor suerte. Te pude amar—esperaba que tú también me amaras—sin la necesidad de pedir dinero. Te fui fiel, fui amoroso y tenía sed de tu afecto y de tu atención. Siempre quise complacerte las pocas veces que estuviste a mi lado porque me llenaba de placer y felicidad. Justifiqué todas aquellas falsas promesas de pasar tiempo conmigo y que nunca se llegaron a cumplir.

Anhelaba que de vez en cuando me brindaras tu afecto. Como tomando gotas de agua en el desierto, aprendí a saciar mi sed a través de las pocas señales de afecto que dejabas ver—esas diminutas gotas de elogio que recibí por las decisiones que tomé y el duro trabajo que emprendí para conseguir la vida que tengo ahora.

Me hablaste de tu padre, de la manera en que te humillaba y te insultaba y te lastimaba. Y cómo un buen día finalmente te hartaste de él.

Padre: Me causas un terrible dolor. Me haces sentir torpe. Conviertes el afecto que siento por ti en amargura.

Te amo pero estoy harto de ti.

El hijo que una vez tuviste.

SHIT SMELL OF THE OLD

While I was standing at a computer terminal in the library, a person passed; I didn't see them but did get hit by that smell. You know, the stink that whirls up between your legs when you're taking a shit. Yeah, that kind of smell.

As a kid I'd visit my abuela. First at a house that I vaguely recall as the outline of a tract home. It had green carpet and a big, wood-encased TV that seemed always on. Once, the appearance of purple witch on a show called *HR Pufnstuf* scared me shitless. Second at a house they called a "trailer home." I recall this one more clearly: AstroTurf patio, corrugated green outside siding, purple and green carpets, and a bathroom filled with plastic bottles of TUMS.

What I remember most about both her houses is that they smelled the way old people smell. They smelled like the dead mutton my uncle liked to store in his garage fridge.

Whether my abuela knew that she smelled or not, it's a fact that the older she got, the more perfume she seemed to douse herself with.

I'm beginning to smell.

ENTRE MÁS VIEJO MÁS HEDIONDO

Mientras estaba sentado en una de las terminales de la biblioteca dónde están las computadoras pasó una persona; no la vi, pero me llegó la racha. Tú sabes de lo que te hablo, la pestilencia que gorgorea entre las piernas cuando uno está cagando. Sí, exactamente ese tipo de olor.

Cuando era niño visitaba a mi abuela. Primero iba a una casa que recuerdo vagamente, con la fachada de esas casas que, como uniforme escolar, hace que todas sean iguales en el vecindario. Tenía una alfombra de color verde y una televisión con un marco enorme, de manera que parecía que todo el tiempo estaba encendida. Una vez, apareció una bruja morada en un programa llamado *HR Pufnstuf* y me sacó tremendo pedo. La segunda casa recuerdo que era de esas que llaman casas móviles. Recuerdo mejor esta casa: el césped artificial, afuera tenía revestimientos verdes y corrugados, alfombras moradas y verdes, y un baño repleto de botellas plásticas de Tums.

Lo que más recuerdo de ambas casas es que olían a viejo. Olían como la carne de cordero que a mi tío le gustaba guardar en la nevera de la cochera.

No sé si mi abuela sabía o no que olía tan mal, lo que sí sé es que entre más envejecía, más se fermentaba en sus jugos.

Ahora soy yo quién comienza a oler.

ONE IN FOUR THEY SAY

Pain like screws to bone, I bawl.
  It's true.
  Pancreatic cancer.

I'm in the stairwell when I get the news. Not by phone.
Too precious.

Few words are spoken. Tired arms and look. Tell all.

Then sounds shape into words. *Cancer, pancreatic.* I start
to bawl.

Images slide show through my mind. She won't be around
to see her grow. She won't be here to see her sparkle glow.

She won't be here for all that such and such.
  She will be missed so much.

UNA EN UN MILLÓN
SUELEN DECIR

Dolor que como el frío invade los huesos, lloro.
    Es verdad.
    Cáncer de páncreas.

Me encuentro en la escalera cuando recibo la noticia. No por teléfono. Un privilegio.

Solo unas cuantas palabras. La mirada y los brazos cansados. Dilo todo.

Los sonidos toman la forma de palabras. *Cáncer, pancreático.* Comienzo a llorar.

Las imágenes cruzan por mi mente. No estará aquí para verla crecer. No estará presente para ver su luz brillar.

No estará presente para eso y lo otro.
    La vamos a extrañar tanto.

SIX FEET UNDER

I'm a construction worker. Or rather I was a construction worker—from Guatemala. I was shot dead by an LA cop Sunday afternoon.

I crossed the border some twenty years ago. I was seventeen and hungry for a new life. I first worked in the orange groves just outside of San Diego. I knew that I had a gift with my hands, but not for orange picking. I could build just about anything with a hammer, saw, wood, and nails. The jefe, he's Chicano, started using me less in the fields and more on fences and in and around the barn, fixing and building—for the same couple of bucks an hour and room/board.

When I was thirty-five I moved to LA; a *primo* up here was working for a gringo contractor, Jerry, who paid well and gave the crew new boots for Christmas every year.

At first the work was good—mostly building those subdivisions in and around the San Fernando Valley. Then it all dried up—and quick. They say it was the Wall Street guys who ran off with all the money that brought it all on—and all those greedy folks looking to make a buck buying houses we built and then flipping them for big money.

Not me. I rented a two-bedroom apartment in the Westlake area with my primo and our compadre. We didn't ever think we could buy one of the houses we worked on.

Anyways. Without work, I'd been spending more time at home drinking and waiting for a call for a job. I was doing this Sunday, not solo. I was with my brand-new-out-of-the-box *muy rica* girlfriend.

Sure, we'd been drinking some. It was one of the hottest summers I remember, so we stepped out to the front steps for a cold one. At least the apartment was on the second floor and so farther from that hot tarmac.

Then some cop car drives into the parking lot down below us, red and blues whirling. It's the middle of the day. Not your usual time for activity around here.

A young Chicano cop steps from the car, gun pulled.

Did some gabacha call the cops? I mean we were just having a drink. Sure, we had an argument before, but the yelling was over pretty quick.

I've been pretty testy lately. No work, no sense of self-worth, lots of anxiety with no money coming in and all.

I didn't have a gun but had a big ol' knife I kept close by, to scare off punks when walking down to the corner store at night.

So the guy comes cautiously up the stairs. By this time, I slide the knife from my back to my side, just in case. I tell my new *ruca* to move out of the way.

Step away from the woman, shouts the punk cop in broken Chicano Spanish.

She moves. I move, grip the knife, and begin to lift it.

Then bam. Before I can even get up. I'm shot in the chest. Once, twice, three times.

I'm six feet under. I guess I must be somewhere near the action 'cause I can feel the pulsing and pounding beats of the people stomping above. I can hear their shouts for *justicia*. For me?

Maybe I did count, for something.

DOS METROS BAJO TIERRA

Trabajo en la construcción. O mejor dicho era un obrero de la construcción—guatemalteco. Fui asesinado al recibir un disparo que me metió un policía de Los Ángeles el domingo por la tarde.

Crucé la frontera hace como veinte años. Tenía diecisiete años y muchas ganas de empezar una nueva vida. Primero trabajé en los campos de naranjas en las afueras de San Diego. Sabía que tenía un talento especial en las manos, pero no para recoger naranjas. Podía construir cualquier cosa solo con un martillo, un serrucho, madera y clavos. El jefe, un chicano, cada vez me ponía a trabajar menos en el campo y más en las cercas o en la granja, para que construyera o arreglara cercas—y con el mismo sueldo que me pagaba por hora, más la pensión.

Cuando tenía treinta y cinco me fui para Los Ángeles; un primo de aquí trabajaba para un contratista gringo que se llamaba Jerry, que pagaba bien y que cada año para las Navidades les regalaba botas nuevas a sus trabajadores.

Al principio el trabajo era bueno—principalmente construyendo esas subdivisiones en el valle de San Fernando. Luego todo valió madre—y bien rápido. Decían que era culpa de los güeyes de Wall Street que se habían pelado con toda la plata que sostenía al país—y también por todos esos cabrones ambiciosos que querían hacer un cinco comprando las casas que nosotros levantábamos y que las cambiaban por un chingo de dinero.

Yo no. Alquilé un apartamento de dos recámaras en el área de Westlake con mi primo y un compadre de nosotros. Nunca se nos ocurrió que podíamos comprar una de las casas que construíamos. Comoquiera que sea, por falta de trabajo, pasaba más tiempo en casa, bebía y permanecía a la espera de una llamada de ofrecimiento de empleo. Eso fue lo que estaba haciendo el domingo, pero bien acompañado. Estaba con una nueva muñeca recién salidita de la caja, una novia bien rica que estaba estrenando.

Claro, nos habíamos tomado unos tragos. Me acuerdo que era uno de los veranos más calientes, así que nos salimos a las escaleras del frente para refrescarnos. Por lo menos el apartamento estaba en el segundo piso y lejos del pavimento.

Luego una patrulla de policías se metió al estacionamiento, justo debajo de nosotros; daban vuelta las luces azules y rojas. Era el mediodía. Era una hora en la que no había mucha actividad por aquí.

Un policía joven que era chicano se bajó de la patrulla, armado.

Alguna gabacha debió llamar a la policía. Digo, sólo estábamos tomándonos unos tragos. Claro, habíamos discutido un poquito antes, pero los gritos no duraron mucho.

Últimamente he estado muy irritado. Sin conseguir trabajo, con la autoestima por los suelos, con chingo de ansiedad y sin ninguna entrada de dinero.

Yo no tenía una pistola, pero sí una navaja grande que siempre estaba al alcance de mi mano, para asustar a cabrones cuando caminaba a la tiendita de la esquina en la noche.

Así que el tipo subió las escaleras cautelosamente. Para entonces, me cambié la navaja que llevaba atrás hacia el costado, por si acaso. Le dije a mi nueva ruca que se hiciera para un lado.

Retírese de la mujer, gritó el cabrón policía en un español chicano entrecortado.

Ella se hizo a un lado. Yo también hice un movimiento, tomé la navaja y la alcé.

Luego pum. Antes de que me pudiera levantar, ya había recibido tiros en el pecho. Una, dos, tres veces.

Estoy dos metros bajo tierra. Quizá cerca de donde hay movimiento, pues oigo el zapateo y siento las vibraciones de la gente que está arriba. Puedo escuchar sus clamores de justicia. ¿Por mí?

Quizás mi vida contó para algo.

HURRY UP . . . AND DIE

He smelled death on her breath last January. He thought he'd imagined this—or that she hadn't brushed her teeth. Then one month later, she'd be diagnosed with cancer. Her body was putrefying—and long before its expiration date.

Her body quickly changes, from normal to frail almost in one fell swoop. It's this in contrast with images of her former robust self (collaged together from memories and photos) that brings sadness to the older ones and shock to the younger ones. "I'm scared," her four-and-a-half-year-old granddaughter tells her while she awaits death from her hospice bed.

With all those in the business of death, the traffic of doctors, nurses, and techs jams up her room day and night. She hardly has a chance to take measure of her life. She sees her bones more and more poking from the sides. She knows that sleep is with her more and more.

One dare not think it much less talk it: *This is no life*.

One dare not think it much less talk it: *End this life*.

One dare not think it much less talk it: *He wants to move on with his own life*.

She might be able to go home, the doctor announces.

He can only think: *Hurry up and die*.

MUÉRETE... DE UNA BUENA VEZ

El pasado mes de enero, él olió la muerte en su aliento. Pensó que lo había imaginado—o que a lo mejor no se había cepillado los dientes. Un mes más tarde, le diagnosticaron un cáncer. Su cuerpo se estaba pudriendo— mucho antes de su fecha de caducidad.

Su cuerpo cambia rápidamente, de normal a frágil en un suspiro. Contrasta con aquellas imágenes del pasado que me remontan a su robusta figura (un collage compuesto por memorias y fotografías) que sorprende a las menores y entristece a las más chicas. "Tengo miedo," dice su nietecita de tan solo cuatro años y medio, mientras ella espera la muerte en una cama de hospital.

Todos aquellos que trabajan en la comercialización de la muerte, como el tráfico de médicos, enfermeras y técnicos de laboratorio, se conglomeran y saturan su cuarto día y noche. Apenas puede meditar sobre lo que fue su vida.

Cada vez puede ver con mayor nitidez los huesos que sobresalen de sus costados. Sabe que el sueño le invade cada vez más y más.

Uno sabe pero guarda silencio: *Esto no es vida.*

Uno sabe pero guarda silencio: *Ponerle punto final a la vida.*

Uno sabe pero guarda silencio: *Él desea dejar esto atrás y seguir adelante.*

Posiblemente pueda regresar a casa, dicen los doctores.

Él solamente piensa: *Muérete de una buena vez.*

LIFE IN THE END

I love to hear you sing and hum when you are deep in creative thought when writing and painting. It reminds me that, in spite of all the daily activities involved to ensure a smooth and happy life for you, it will all be OK when we put our heads down to sleep at night.

You shed tears when I returned home from work yesterday. "Without her it's like touching the world from behind the glass of a fishbowl," you told me while pulling slightly from our hug.

"I know, I do too. Sometimes it just hits out of the blue when I feel most blue."

Today she cut off all of the hair on her dolls. I wasn't upset. They could easily be replaced.

AL FINAL DE LA VIDA

Me encanta escucharte cantar y susurrar cuando te encuentras en lo más profundo de tus pensamientos creativos, como cuando escribes y pintas. Me recuerda que, a pesar de las actividades cotidianas que hago para brindarte una vida tranquila y de felicidad, todo está bien cuando si por la noche nos acostamos a dormir.

Ayer cuando llegué del trabajo derramaste algunas lágrimas. "Sin ella es como tocar un mundo que se encuentra dentro de una pecera de cristal," me dijiste mientras, poco a poco, escapabas de mis brazos.

"Lo sé, yo también lo lloro. En ocasiones simplemente ocurre así, sin previo aviso, cuando me siento muy triste."

Hoy les cortó el pelo a todas sus muñecas. No me enojé. Son fácilmente reemplazables.

SWIMMING TO EXHALE

We experience moments of happiness and fulfillment—
fleetingly and capriciously.

He found two spaces in the world where he could pretty
much count on feeling happy and fulfilled. It wasn't to
be in a Japanese dojo, a fifteenth-century Spanish monas-
tery, or a yoga studio. No, for this fellow it was the library,
the pool—and even better than a pool, the bottom of the
ocean. They were his refuge from a world that seemed hell-
bent on destroying any chance of experiencing happiness.

Like a compass finding true north, his body would
always finds such places no matter where in the world he
happened to be.

At the library, with all its books and quietness, he could
turn pages or click fingers on his keyboard to think and even
record all those fragile threads to thoughts he might have.

At the bottom of the ocean, he could rest on its floor
till only 500 bars of pressure were left to return him safely
to the shore. Here evanescent bubbles, swirls of fish, and
phantasmagoric coral would bring him to repose.

He discovered another place the other day. He went for a
swim, but not in a pool or ocean. He went for a swim in

his mind, kicking downward past coral, sea turtles, multicolored puffers, and spaceship-slick manta rays. He let himself sink into his mind's sandy, rippled floor.

He never awoke again.

NADAR HACIA EL ÚLTIMO SUSPIRO

Experimentamos momentos de felicidad y regocijo—fugazmente y caprichosamente.

Él encontró dos lugares en el mundo en los que básicamente podía ser feliz y sentirse pleno. No se trataba de una casita japonesa *dojo*, ni de un monasterio español del siglo XV o de un estudio de yoga. No, para este individuo era la biblioteca, una piscina—y más que una piscina era el fondo del océano. Era su refugio para escapar de un mundo que, como infierno, destruía cualquier posibilidad de experimentar la felicidad.

Como una brújula que localiza exactamente el norte, su cuerpo siempre encontraba aquellos lugares sin importar en qué parte del mundo se encontrara.

En el silencio de la biblioteca y en la multitud de los libros, podía dar vuelta a las páginas o pulsar en el teclado para pensar e inclusive grabar cualquier pensamiento que le cruzara por la mente sin perder el hilo.

En las profundidades del mar, podía descansar en el subsuelo oceánico hasta que le quedaran 500 bares de presión que lo regresarían a salvo a la orilla. Aquí las evanescentes burbujas, los remolinos de peces y los fantasmagóricos corales producían en él un estado de reposo.

Hace unos días descubrió otro lugar. Fue a nadar, pero no a una piscina o al mar. Fue a nadar en sus pensamientos, sumergiéndose más allá del coral, las tortugas marinas y las manta rayas que parecen platillos voladores. Se dejó sumergir en el cimiento arenoso de sus pensamientos.

Jamás salió a flote.

A LONG STORY CUT SHORT

I don't apologize. That's what's so nice about dying. You don't have to apologize anymore. Not to anybody. Above all, not to yourself. All's bundled up in one undifferentiated past. Gone. Forever. Nothing to look forward to. Nothing to fret about, past or present. No more struggles to keep appearances. I don't even care if I soil the sheets or even the whole mattress. Oblivion. Just oblivion. Finally I'm really irrelevant. To myself. To everyone. Just like all those I've known who have died. Including Andrew. The Irish cowboy-dressing, cowboy-swaggering cowboy failure I married before the war ended. My choice. My doing. My nightmare. A catch because he could never get a suntan. He had blue eyes. About five eight tall. Huge next to my five two. Made sure he couldn't get enough of me. Andrew. A one-way ticket out of Pico Rivera, out of the shirt factory, out of the embarrassing *familia* always waxing nostalgic about Guatemala. I myself was not *prieta*. Came to LA when ten. Grew quickly into the *ay nanita, qué buena estás* in the school premises and walking to the grocer's. Brown eyes, long eyelashes, coquettish smile. Daydreaming I was a fallen woman but an untouchable one. A virgin. Tight, almost-white flesh. Ida Lupino in that picture with Gary Cooper. Or Louise Brooks in the silent movies. Yes, *Pandora's Box* and that other one I don't remember. *Diary* something. The flapper look. The "femme fatale" they called them. I was almost eighteen. He was thirty-four. Strong, fleshy hands always ready to grip. Shovels, cables, monkey wrenches, wheelbarrows, anything with handles. Meaning his favorite knobs. My tits to squeeze, my nipples to wring and pull. And my flat ass. A stocky, silent old man. Only talked to bad-mouth Negroes. Or anybody from south of the border. Not much of a brain. Beginning of what became a big gut. And a lousy lover. But what did I care. Who needed a sexy-looking young man, anyway. Andrew's desire was blind. He wanted me badly. I wanted out and up. So I did a decent job. Got him to get me pregnant. Got him to marry me. Got him to put his insatiably grasping hands to work harder. Work for both and soon for the three of us. For the little house I dreamed of. With a garden, a backyard. Nice furniture. At least two bedrooms. One for the baby. One for me. Shared with Andrew. But single beds. Like in the movies. Always loved going to the movies. My life would be a movie too. Singing and dancing and smoking and eating in restaurants and traveling and always looking good. No smelling like a wet rag. How I hated it when it got all hot and sticky. Humidity spoiling and curling my hair. Had to have my hair permed all the time. Never anybody saw me looking like one of those dark-skinned Mexican girls with their hair all *enchinado* who lived in Pico or worked in the factory. Read a lot too. All kinds of inspiring magazines, like *LIFE*. It once published these pictures of the couple that owned and managed the *Reader's Digest*. Her hat was beautiful. Looked like Scarlett in *Gone with the Wind*. They both looked royal in their mansion with the magnificent marble stairway. Their magazine became a part of me. I would never give it up. It taught me everything useful and important. How not to be vulgar. How to build a distinguished vocabulary. How to act as a real lady. How great men lived and thought. How will and character can turn a personal tragedy into a heroic victory. The "Most Unforgettable Character" stories were always a warm inspiration. The condensed books made you understand the most difficult things, like the evil done by Communism. More and more I became aware that what I wanted was the right thing to want. Year after year I persevered. Andrew took extra assignments to buy a car. It became indispensable. Streetcars, buses, all public transport rapidly became scarce. You no longer could take a tram or a bus from Beaudry to Alsace, from Seventh to First, from Alameda to West Pico. Years later I was driving everywhere, all the time. To put distance between reality and dream, to feel free. A painkiller and a roving room of my own. Going places while going nowhere. Total stagnation. Andrew proved to have nothing in him. Never was worth more than the price of a photograph of John Wayne. Never tried hard enough to rise above his station. An enormous gut but no guts. Always remained a caricature of what I needed. My son a lazy bum now hooked to a white-trash girl. My house a foul-smelling insignificant farm close to Sacramento with three cows, a horse, some pigs, and some chickens. No silver linings, no matter how hard I looked. No laughter. Only the lasting pleasure of driving. An exhausted body. Lung cancer. Everything wasted away.

Winter is here.

The air is solid.

I can no longer breathe.

I no longer wish to breathe.

UNA LARGA
HISTORIA
AMPUTADA

No me disculpo. Es lo bueno de estar muerta. No tienes
que disculparte más. A nadie. Y sobre todo, ni siquiera a
ti misma. Todo está enrollado en un mismo pasado. Que
desapareció. Para siempre. Nada que anticipar. Nada por
qué inquietarse, pasado presente. No más esfuerzos para

mantener las apariencias. Ni siquiera me importa cagarme en las sábanas o en todo el colchón. Olvido. Sólo olvido. Finalmente soy en verdad irrelevante. Para mí misma. Para los demás. Al igual que todos aquellos que conocí y que ya se murieron. Como Andrés. Como el irlandés vestido de vaquero, que se jactaba de vaquero, fracaso de vaquero, con el que me casé antes de que terminara la guerra. Mi decisión. Mi proceder. Mi pesadilla. Lo atrapé porque nunca pudo broncearse. Tenía los ojos azules. Medía como un metro setenta y dos. Enorme en comparación con mi estatura de un metro cincuenta y siete. Me aseguraba de que no me tuviera todo el tiempo. Andrés. Un boleto sin retorno fuera de Pico Rivera, fuera de la fábrica de camisas, fuera de la familia que me avergonzaba, siempre con la misma cantaleta nostálgica sobre Guatemala. Yo no era prieta. Vine a Los Ángeles cuando tenía diez años. Pronto crecí en lo que sería, "Ay nanita, qué buena estás" cuando caminaba a la tienda o en las instalaciones de la escuela. Ojos de color marrón, pestañas largas, sonrisa coqueta. Soñando despierta que era una mujer perdida, pero una intocable. Una virgen. Zurita con la piel casi blanca. Ida Lupino en aquella fotografía con Gary Cooper. O Louise Brooks en las películas del cine mudo. Sí, *La caja de Pandora* y esa otra que no me acuerdo. *Un diario* sobre algo. Una imagen de la *flapper*. La *femme fatale*, como le suelen llamar. Casi tenía dieciocho. Él tenía treinta y cuatro. Fuerte, unas manos carnosas siempre listas para agarrar. Palas, cables, llaves inglesas, carretillas, cualquier cosa que tuviera manijas. O sea, sus perillas favoritas. Mis pechos para apretar, mis pezones para estrujar y jalar. Y mi culo plano. Un hombre fornido, callado. Sólo hablaba para decir injurias de los negros. O a cualquier persona del sur de la frontera. No era muy inteligente. El comienzo de lo que sería una barrigota. Y un pésimo amante. Pero ni me importaba. Quién necesitaba a un hombre joven y sexy, en fin. El deseo de Andrés era ciego. Él me deseaba tanto. Quería cumplirle y salir de ahí. Así que lo hice bien. Logré que me embarazara. Conseguí que se casara conmigo. Conseguí que trabajara y usara esas manos insaciables. Qué trabajaran para los dos y pronto para los tres que éramos. Para la casita con la que soñaba. Con un jardín y un patio trasero. Buenos muebles. Por lo menos dos recámaras. Una para el bebé. Una para mí. La compartida con Andrés. Pero camas separadas. Cómo en las películas. Me encantaba ir al cine. Mi vida sería una película también. Cantando y bailando y fumando y comiendo en restaurantes y viajando y siempre viéndome muy guapa. Sin oler a trapo húmedo. Cómo odiaba cuando hacía calor y me sentía toda pegajosa. La humedad que me arruinaba y me rizaba el cabello. Tenía que hacerme una permanente todo el tiempo. Nadie me vio como si fuera una de esas mexicanas morenas con su pelo todo enchinado que vivían en Pico o trabajaban en la fábrica. Leía mucho también. Todo tipo de revistas que me inspiraban, como *LIFE*. Una vez publicaron unas fotografías de una pareja que eran dueños y administraban el *Reader's Digest*. Su sombrero era hermoso. Se parecía a Scarlett en *Lo que el viento se llevó*. Los dos se veían como si fueran de la realeza en una mansión que tenía unas escaleras hechas de un exquisito mármol. Su revista se convirtió en una parte de mí. Nunca la dejaría. Me enseñó todo lo que era útil e importante. Cómo no ser vulgar. Cómo adquirir un vocabulario distinguido. Cómo actuar como una verdadera dama. Cómo es que vivían y pensaban los grandes hombres. Cómo la determinación y el carácter pueden convertir la tragedia de una persona en una heroica victoria. Las historias de los personajes más inolvidables eran siempre una inspiración cálida. Los libros condensados te hacía comprender las cosas más difíciles, como el mal que hace el comunismo. Poco a poco me di cuenta de que lo que quería era lo correcto. Año tras año perseveraba. Andrés tomó trabajos extras para poder comprar un coche. Era indispensable. Ya no se podía tomar un tranvía o un autobús desde Beaudry a Alsace, de la calle Diecisiete a la Primera, de la Alameda al oeste de Pico. Años más tarde conducía a todas partes, todo el tiempo. Para poner distancia entre la realidad y los sueños, para sentirme libre. Una pastilla para aliviar el dolor y un cuarto ambulante sólo para mí. Ir a lugares sin ir a ninguna parte. Estancamiento total. Andrés demostró que era un don Nadie. No valía más que el precio de una fotografía de John Wayne. Jamás hizo un esfuerzo para salir de la mediocridad. Unos huevos enormes pero sin huevos. Siempre fue una caricatura de lo que yo necesitaba. Mi hijo, un bueno para nada, ahora, enredado con una güera naca. Mi casa, una pestilente granja insignificante cerca de Sacramento, con tres vacas, un caballo, puercos y gallinas. Sin ningún lujo, no importaba todo lo que me esforzara. Sin risas, sólo el placer duradero de conducir. Un cuerpo exhausto. Cáncer pulmonar. Una vida desperdiciada.

El invierno ha llegado.

El aire se ha solidificado.

No puedo respirar.

Ya no quiero respirar.

AUTHOR'S NOTE

Flash fictions are deceptive. They look short in stature, but once read they loom large in our imaginations. They demand a great concentration of narrative devices and plot to hit their target, to achieve their intended effect on us readers with as few means and as quickly as possible. They operate by omission: in the careful selection *out* of words and syntax and the precise insertion of those that will work most effectively to guide you, the "complicit reader" (Julio Cortázar's term) to interface, invest, and fill in the gaps in the story. Through elision, these stories aim to guide your imagination to penetrate into their depths as you establish links that will generate great pleasures and pains.

With few carefully chosen words and deliberate placement of syntax, they allow us to enter into other worldviews and experience complex and contradictory moral dilemmas. They have the power to take us into the minds and actions of those whose universal capacity for reason, emotion, and empathy lead to their upholding or transgressing sanctioned codes of behavior within a wide variety of political, social, and historical moments. As seen in this collection, no subject is alien to flash fictions, many of which gravitate around solidarity and feuds within a family and between families, celebrations of love and regrets of loves lost, denunciations of life under oppressive and exploitive conditions, and dreams about freedom and creativity . . .

I open the collection with a series of stories that appear under the title "Prelude: A la Tito Monterroso." In homage to Honduran-Guatemalan writer Augusto Monterroso, they're all one-liner flash fictions. They aim at once to seduce your imagination and to offer examples of how this concise narrative form can work. I could also have included as epigraphs Hemingway's alleged six-word flash fiction that reads, "For sale: baby shoes, never worn" or Monterroso's "The Dinosaur," which reads, "When he awoke, the dinosaur was still there" ("Cuando despertó, el dinosaurio todavía estaba allí"). It is my hope that through a strict economy of means, the stories that make up this collection deliver a grand adventure of puzzle solving that generates multiple layers of meaning—and possibly even pleasurable awe.

I want you to ask: Why has Aldama chosen a flash fiction as the container of his story and not the more conventional, longer story length? How has he used tense and syntax to give a sense of time, place, and poetic rhythm to his story world? How has he created narrative tension in the play between voice and character action, ironic or otherwise? How do these decisions and many more direct the reader's process of making meaning? How does the selection of certain words—and the omission of others—direct our imagination and meaning-making processes differently? How do the specific words with their sounds and concepts direct us to fill in the gaps in the story?

We live in a multitextured, multimedia world. With this collection I wanted to create a textual experience that today's readers would find compelling. I wanted to create art-prose flash fictions with multiple layers.

Chilean artists and comic book creators Rodrigo and Fernando of Mapache Studies came readily to mind. Not only because of their skill as artists, but because their perspective and experience south of the border as Latinos living in Chile would expand the imaginative scope of the collection. Working together across large distances of time and place, we aimed to create a hybrid art-prose flash fiction collection that would gel together as an aesthetic whole. We didn't want the drawings to illustrate.

In the spirit of border crossings, we worked carefully to create new perceptions, thoughts, and feelings in the reading/viewing experience. For instance, with the story "The Father . . . in Three Parts / El padre... en tres partes," Fernando and Rodrigo chose to draw the brain stem, amygdala, and cortex in a way that suggestively makes visible a map of the United States. With the illustration the story comes doubly alive: a father's brain as it experiences life choices (birth, marriage, and divorce) and the Latino brain as it experiences life in the United States. Like so many of the stories, "Swimming to Exhale / Nadar hacia el último suspiro" takes on an added resonance when we see a Latino with a knapsack crossing the Rio Grande into the United States. But it's not any river. It's the River Styx filled with the living dead reaching to grab and pull him under. The protagonist of the story swims "downward past coral, sea turtles, multicolored puffers, and spaceship-slick manta rays." However, the illustration *shows* us another dimension: the everyday experience of death in the crossing of the Rio Grande.

As I worked closely with Mapache Studios, collectively we aimed to intensify and enlarge the borderland Americas experience as captured so eloquently in the foreword by the high priestess of flash fiction, Argentinian author Ana María Shua. We wanted to distill and reconstruct through verbal and visual means a borderland where "thirst and anguish" supplant dreams of "milk and honey." We wanted to create art-prose flash fictions that captured a borderland space where "past, present, and future float as unreal dimensions in the lives of the characters."

～

Bilingualism and bilingual identities throughout the Americas are the air we breathe. By including the stories in Spanish, I wanted to create additional layers of texture in our experience of shaping this art-prose flash fiction. Like many of our community who imagine, think, speak and act in and across two languages, I wanted the collection to exist in the world as such: as English and Spanish. But never as a one-to-one, line-by-line academic exercise—rather, as infinitely interlocking tesseracts in English and Spanish.

Language is a key ingredient in U.S. Latino and Latin American narrative fiction creation. We are as used to ingesting stories that are monolingual Spanish or English as we are those that code-switch between Spanish and English or Spanish and other indigenous tongues. In each case, language doesn't act just to convey information; it is a shaper of the story. The interplay of English, Spanish, and other tongues offer shaping devices for us Latino authors to give a unique stylistic stamp and rhythm to our stories. The goal: for you, the reader, to move across languages so as to enrich your experience of the resplendent cross-pollination of rhythms, sounds, sights, and smells that breath in and through these story worlds. For you to experience the Latino borderlands as multilingual and multisensorial.

There is no original (English) versus duplicate (Spanish) operating here. In the spirit of Borges's idea of translation, each story in Spanish is a rewriting of the original. That is, both stand as originals, and yet they share DNA. In each case, the Spanish translation not only carves out new sound systems but also deploys new narrative and rhetorical strategies to engage the readers; the Spanish translations stand on their own, proudly displaying their own new garbs, but as intimately tied to the English as to the Spanish. The Spanish translations carefully select (and omit) words and syntax to convey the feeling and intent of the original, but within the grammatical forms and rhythms most suitable to Spanish.

~

The Latino experience is so often sentimentalized or sugarcoated. When I set out to write these flash fictions, I wanted to hold sentiment at arm's length. I didn't want the narrative to become handmaiden to emotion. This allowed for the creation of a series of nonjudgmental narrators—even when I was conceiving the most morally bankrupt of characters. I didn't want any finger pointing to happen. I didn't want to overly romanticize the Latino experience or smarten up characters to make them "safe" for consumption. Unfortunately, our world is filled to the brim with racism, police brutality, poverty, xenophobia, and the increased polarization between the Haves and the Have-Nots. These flash fictions from the borderlands seek to give shape to these ugly truths in the most honest way.

I chose to create in the art-prose flash-fiction format to give shape to the triptych of life with our beginnings, middles, and ends. I chose the art-prose flash-fictional form to solidify the U.S. Latino perspective and voice in the world of flash fiction. With many innovations in matters of form and content having taken place in the long twentieth century among our compadres south of the border, it is our time to innovate. It is our time to wed fiction with philosophy, physics, biology, journalism, and other disciplines in a feast and celebration of the hybrid . . . the borderland . . . the Latino of the Americas. It is our time to breathe lasting life into long stories cut short.

ABOUT THE AUTHOR

Frederick Luis Aldama was born in Mexico City to a Guatemalan–Irish American mother from Los Angeles and a Mexican father from Mexico City. Inspired by his mother's tireless drive to make a difference in the Latino community as an elementary school teacher, he gained entrance to the University of California, Berkeley, then went on to earn a PhD from Stanford University. Today, Aldama is University Distinguished Scholar as well as Arts and Humanities Distinguished Professor at the Ohio State University. He was honored with the 2016 American Association of Hispanics in Higher Education's Outstanding Latino/a Faculty in Higher Education Award. In addition, his Latino high school outreach program, LASER, was named a Bright Spot in Higher Education by the White House Initiative on Education Excellence for Hispanics. He is the author of twenty-seven books.